L'ANGE AVEUGLE

Récit du vain combat d'une veuve dont le mari est assassiné dans son étable à chevaux ; invasion étrange d'un minuscule village italien par plusieurs centaines d'Africains immigrés ; confession désespérée d'un sociologue-criminologue enquêtant sur la Mafia ; rêveries libertines d'un élu, membre d'une commission d'enquête ; retour pathétique d'un émigré américain vers la tombe de son père assassiné… Sur tous ces récits plane la même stupeur devant l'innommable ; la toute-puissance du crime et de la violence, l'errance morale d'une population livrée au meurtre et à la peur par la démission – ou la corruption – de l'État. Ce « roman de la Mafia », écrit après de longs mois de voyage dans l'Italie du sud et la Sicile restitue une réalité dans son épaisseur, sa complexité, son ambiguïté, bien mieux que n'aurait pu le faire une enquête journalistique. L'écrivain, venu d'un autre monde, jeté dans un réel aussi fort, voit littéralement des choses que les habitants eux-mêmes ne distinguaient plus.

Écrivain marocain de langue française, Tahar Ben Jelloun est né en 1944. Il a publié de nombreux essais, recueils de poèmes, récits, pièces de théâtre. Il a obtenu le prix Goncourt en 1987 pour La Nuit sacrée.

Tahar Ben Jelloun

L'ANGE AVEUGLE

NOUVELLES

Éditions du Seuil

TEXTE INTÉGRAL

ISBN 2-02-024638-4
(ISBN 2-02-012218-9, édition brochée
ISBN 2-02-021663-9, 1re publication poche)

à Egi.

Le roman de la mafia

Je venais de terminer l'écriture de *Jour de silence à Tanger* et m'apprêtais à reprendre un roman en chantier. La reprise est souvent un moment délicat. Il faut le temps de retrouver les personnages laissés dans un coin, le temps de se réconcilier avec eux. Ils sont comme des amis qu'on n'a pas vus depuis longtemps. On ouvre le cahier ; on relit ; on corrige et on repousse le moment où il faudra se remettre à écrire. Je tournais autour de mes cahiers et j'essayais de refaire connaissance avec les personnages. Certains avaient vieilli ; d'autres étaient sur le point de partir, probablement attirés par les fastes tapageurs d'un voisin musicien. Ils s'étaient éloignés de moi. Je savais qu'il fallait un peu de patience.

Ce fut à ce moment-là que le directeur d'*Il Mattino*, principal quotidien de Naples, M. Pasquale Nonno et son équipe « culture » proposèrent à mon ami et traducteur Egi Volterrani et à moi-même de venir faire un tour dans le Sud de l'Italie, plus exactement en Sicile, en Calabre et dans la région de Naples[1]. Un tour ni touristique ni journalistique. Je sais qu'*Il Mattino* a d'excellents re-

1. Douze de ces nouvelles ont été publiées en feuilleton par *Il Mattino*, du 30 mars au 15 mai 1990.

porters et qu'il n'avait pas besoin de nous pour faire comprendre à ses lecteurs le désastre et la détresse de cette partie de l'Italie. Ce n'est pas un secret, le Sud est considéré par certains comme un malheur, une malédiction. C'est un territoire miné de problèmes souvent anciens et insolubles. Décrire et expliquer ces situations de tension et de conflit ne les résout pas forcément. Les journalistes connaissent bien cette région ; ils ne cessent de la « couvrir ». Drames et tragédies sont communiqués quotidiennement au grand public. Tout le monde sait et pourtant rien ne change. A la rigueur, quand le Sud bouge c'est pour rendre les problèmes encore plus complexes et difficiles.

Reste alors le regard, en principe naïf et, peut-être, innocent de l'écrivain, observateur étranger et intrigué.

Ce fut une idée belle et stimulante : il s'agissait de faire de la fiction avec les matériaux de la réalité et reconnaître à la littérature sa fonction primordiale, celle de « cambrioler » le réel apparent.

Pour moi ce fut une chance inouïe, car, non seulement ce voyage dans les méandres du Sud m'a appris énormément de choses sur un pays que j'aimais d'instinct, par affinité méditerranéenne, et que je ne connaissais que superficiellement, mais cela m'a permis de me ressourcer et de m'exposer à la violence d'un quotidien étrange et troublant.

Ces quatorze récits sont comme les quatorze chapitres d'un roman dont le personnage principal serait la mafia. On l'appelle camorra à Naples et dans ses régions, ndrangheta en Calabre. Les méthodes diffèrent mais l'objectif est le même : se substituer à l'État de droit et faire de la criminalité organisée une façon de « communiquer » avec le citoyen.

Ce roman de la mafia est à peine imaginaire. Il est même en deçà de la réalité qui est souvent plus folle et plus imprévisible que toutes les fictions.

Nous avons, Egi Volterrani et moi, circulé plus de deux mois dans ce Sud si contrasté et si attachant. Nous avons eu des entretiens avec une centaine de personnes de toutes sortes : juges, avocats, fonctionnaires de mairie, militants politiques, familles de victimes de la mafia, ou de la camorra, policiers, sociologues, écrivains originaires du Sud, journalistes, enseignants, commerçants, éditeurs, marchands de vin, hôteliers, chauffeurs de taxi, prêtres, assistantes sociales, etc.

J'ai pris des centaines de pages de notes. J'ai écouté. J'ai observé. J'ai essayé de comprendre. Nous avons circulé partout, même dans des lieux où il n'y a que des pistes. Nous avons fait environ 4000 km en voiture. Je récoltais tout, car je ne pouvais pas savoir d'avance ce qui allait me servir pour raconter ces histoires. Si c'était pour écrire des reportages, je n'aurais pas manqué de matière. Or il ne fallait surtout pas faire du reportage. Il fallait écrire des récits de fiction, faire un travail non de journaliste mais d'écrivain. Souvent, il a fallu revenir sur les lieux du crime, enquêter et reconstituer le drame pour donner à la fiction une base de vérité. N'étant pas italien, mon regard, même et surtout naïf, risquait de voir ce que, peut-être, les gens du pays ne voient plus. Ces histoires, je n'aurais jamais pu les inventer si je ne m'étais trouvé confronté à une réalité riche et brutale. J'ai donc écrit des fictions nourries par le quotidien, avec ce qu'il comporte de folie, de joie, de drame et de bonheur. Sur tous ces récits plane le fantôme d'un absent, un grand absent, celui qu'on invoque et qui n'est jamais là quand il faut. Ce n'est pas Dieu. C'est l'État[1].

Les personnages existent. Je ne peux cependant en certifier l'authenticité. Certains se reconnaîtront. Mais tous ont d'abord une vérité littéraire, même si dans *Veuve Courage* je me suis inspiré directement des minutes du procès, comme j'ai sciemment reproduit dans *L'amour à Palerme* les vraies déclarations du maire de Palerme, M. Leoluca Orlando, parues dans la presse française l'été 1991 (notamment *Le Point* du 29 juin 1991). Ils pourraient ressembler à des personnes vivantes ou ayant existé. Comme on dit, ce ne serait alors qu'une pure coïncidence (plus ou moins voulue).

Je dois remercier beaucoup de personnes, des gens connus et d'autres anonymes. Il est impossible de tous les nommer. Sans leur aide, sans leurs conseils et leur présence, ce livre n'aurait jamais été écrit. Je tiens cependant à dire la dette que j'ai contractée à l'égard d'Egi Volterrani. Mais dans l'amitié, il n'y a pas de dette. Disons simplement que ce livre lui doit énormément.

T. B. J.
Paris, octobre 1991.

1. Le titre italien de cet ouvrage paru aux éditions Enaudi est *Dove lo Stato non c'è* (Là où l'État n'existe pas).

I

L'ange aveugle

Dans le pays de la mort violente, certains enfants sont armés. On trouve dans leur cartable d'écolier aussi bien des tartines beurrées pour le goûter de dix heures qu'un pistolet neuf millimètres offert bien souvent par l'oncle ou par le grand-père comme cadeau d'anniversaire.

Les enfants qui tuent sont tués aussi à leur tour. Au ciel, ils ont mauvaise réputation. Peu d'anges acceptent de les protéger et de guider leurs pas dans l'autre monde. Seul un ange aveugle, lui-même victime innocente d'un règlement de comptes entre deux clans de la mafia à Quindici — une balle tirée en l'air lui creva les yeux —, se porte volontaire pour l'accueil et la rédemption de ces enfants perdus.

Comme l'ange d'Alexandra Alpha dont l'histoire est rapportée par José Cardoso Pires, il lui arrive de survoler la ville, peut-être pas le septième jour d'un mois radieux, mais un jour de printemps et d'accalmie. La dernière fois, il s'est pris les ailes dans les fils électriques de haute tension et s'est écrasé sur un rocher. Depuis, de jour comme de nuit, une petite fumée monte de la pointe élevée de ce rocher noir. On dit que c'est l'âme incandescente de l'ange aveugle qui se consume à l'infini.

Depuis cette chute malheureuse, certains enfants ont déposé les armes.

II

L'amour à Palerme

Telle une femme qui a eu du chagrin et de l'insomnie, Palerme a le visage froissé. On dirait qu'un rire hideux s'est figé entre le front de mer et le paquet d'immeubles qui ont été construits un peu vite pour cacher les châteaux et palais normands. Sa beauté est à deviner. Il y a, comme on dit, quelques beaux restes. Mais la ville est souvent de bien mauvaise humeur. Si Naples est bourrée de folie, Palerme regorge de tristesse comme un destin éternellement contrarié. Elle se laisse aller et se donne sans vergogne à ceux, venus d'ailleurs, des montagnes de Sicile ou des petits ports de l'île.

« Dans cette ville, disait Leonardo Sciascia, les ordures atteignent les genoux et la mafia notre pomme d'Adam. » En arrivant à Palerme, Emilio repensait à cette image puis à un titre lu dans un journal durant le voyage : « Palerme : la mafia contrôle 180 000 votes ! » Tout cela, il le savait. La presse ne dissimule plus rien. Les actions de la mafia et de la camorra s'étalent tous les jours à la une des journaux. Ce n'est plus un secret pour personne que la mafia tue quand on se met sur son chemin. Elle tue et signe.

Ce devait être la quatrième fois cette année qu'Emilio faisait le déplacement de Rome à Palerme. Il était fatigué et ne nourrissait guère plus d'espoir de faire triompher la vertu et la justice. « Encore une réunion, se disait-il, et même si je n'y crois pas beaucoup, il faut bien y assister. De quel droit décourager les autres ? Trente années de lutte contre la mafia et pas de résultats spectaculaires… sans les révélations de quelques repentis, nous en serions toujours au même point. J'admire la fougue et la ténacité de Giuseppe. Il me rappelle mon enthousiasme du début. »

Giuseppe est un maire pas comme les autres. Il n'est orthodoxe en rien. Seule la lutte contre le crime organisé l'intéresse. Il ne suit pas les directives de son parti ni les conseils ou décisions du gouvernement. On dit que c'est un original, téméraire et passionné. Emilio l'aime bien. Il lui reproche de manquer d'humour et de fantaisie.

Pour cette réunion qu'il voulait la dernière, Emilio s'est déplacé seul, sans gardes du corps et sans voiture blindée.

Quand Emilio la vit entrer comme une princesse rebelle dans la salle où étaient réunis le maire, ses conseillers et les quatre juges du pool antimafia, il fut pris de rage et de colère. Il pensa que cette intrusion était une insulte à la sérénité et à la paix intérieure qu'il avait mis longtemps à acquérir. Il essaya de ne pas la regarder, encore moins de suivre ses va-et-vient dans cette pièce froide où elle devait distribuer des documents. Le maire était, comme d'habitude, indifférent, du moins ne laissait-il rien transparaître sur son visage. Il devait être préoccupé par les derniers développements de la criminalité bien organisée à Palerme. Depuis que le sang couvre ses trottoirs, depuis que des voitures blindées on sort des cadavres qu'on jette à l'entrée de la mairie. Palerme respire mal.

Emilio aussi avait du mal à respirer. Haut-commissaire du gouvernement pour la lutte antimafia, il devait, comme d'habitude, écouter, observer, noter et rendre compte. Ses états d'âme, sa passion pour les migrations des oiseaux, son amour des femmes pulpeuses, son admiration pour Mahler et ses besoins en cigares de La Havane, tout cela devait être mis entre parenthèses le temps de la discussion. On l'avait choisi à cause de ses origines piémontaises. Il répondait au profil de l'homme rationnel, organisé et déterminé. Du moins, c'est l'image qu'il donnait aux autres. Il avait dépassé la soixantaine et se préparait à se retirer de ce travail qui ne lui avait apporté que très peu de satisfaction. Il savait, en acceptant de participer à cette énième réunion, qu'il allait remuer les mêmes pensées à propos de ce cancer qui ronge le Sud du pays et repartir sans avoir rien changé. Mais il le faisait parce que c'était un homme de devoir. Il était loin d'imaginer que ce voyage n'allait pas se dérouler comme les précédents. Au fond, il ne se sentait pas bien. Il avait le pressentiment assez vague que quelque chose allait arriver. Tout le monde ne pouvait que s'en moquer.

Le maire parlait sur un ton ferme. Ses conclusions tombaient comme des couperets, tranchant les ambiguïtés, les silences imposés et les secrets gardés : « A présent, messieurs, nous disposons d'assez d'éléments pour affirmer que la mafia n'est pas un phénomène isolé et indépendant du pouvoir. Elle n'est qu'une pièce du système socio-politique. Quand la justice italienne, quand des hommes politiques italiens couvrent sciemment certains types de crimes ou de délits, cela prouve que notre démocratie est malade. Elle est atteinte dans ses racines et ses fondements. Comment le juge Luigi Russo, de Catane, homme sage et bon démocrate, a-t-il pu décréter que payer l'impôt à la mafia, le *pizzo*, ne constituait pas un délit ? Et cela, au moment où un homme courageux, l'industriel Libero Grassi, résiste en refusant de payer cette “ contribution illégale ”. On sait que cela sied aux fameux “ cavaliers de Catane ”, ces rois de la construction, qui donnent ce qu'il faut pour continuer à construire sans être inquiétés, tout en recevant à leurs réceptions quelqu'un comme Santapaola, homme connu pour ce que vous savez...

» Messieurs, comment voulez-vous que le simple citoyen lutte et résiste contre le chantage et le racket, si par ailleurs l'État ne fait pas respecter le droit ? Cela prouve que l'État italien n'existe pas et ne veut surtout pas exister. Si la mafia est aussi puissante et si elle nous nargue aujourd'hui, c'est parce qu'elle est à la fois extérieure aux institutions et au cœur des institutions. En principe, elle est contre l'État, contre la justice, contre la Bourse, mais elle a aussi le visage de l'État, de la justice, de la Bourse ! Les liens entre le pouvoir politique et la criminalité sont de plus en plus évidents. Cela, on ne veut pas l'entendre aujourd'hui en Italie, car il y a trop d'hommes politiques qui, d'une façon ou d'une autre, ont dû, un jour, accepter un échange de services avec la mafia. Ils sont alors piégés, car la mafia n'a pas la mémoire courte. »

Tout cela, Emilio le savait. Alors il ne lâchait pas des yeux la secrétaire du maire. Il faisait chaud. Ses seins parfaits, ni gros ni petits, étaient libres sous son chemisier de soie. Sa jupe grise serrait avec élégance ses fesses qu'on aurait dit dessinées par un grand couturier. Sa chevelure bouclée et abondante ne la gênait point dans ses mouvements. Ses yeux gris-vert, en se posant sur les choses, laissaient comme une caresse ou la trace d'un parfum délicat.

Emilio râlait en silence ; il transpirait et essayait de garder son calme. « Comment est-il possible que le maire ait laissé cette créature, venue de je ne sais quelle planète, perturber notre réunion ? — Je devrais dire leur réunion, car je me sens de moins en moins concerné... Cela est insupportable. Tant de malheur, tant de beauté, tant de provocation dans ce corps sublime, c'est scandaleux ! Moi, je ne tiens plus. D'autant plus que je suis fermement persuadé qu'en cette saison, les femmes ont décidé notre perte, je veux dire ma perte. A présent, je suis réduit à mes faiblesses et je soupçonne cette bête du sexe d'être au service de la mafia. Elle est là pour nous espionner, pour nous troubler. Plus j'avance en âge, plus mes désirs deviennent impatients, brûlants et incontrôlables ! Je ne vais pas bien. Mes désirs ? Un feu de paille. Ça doit être l'âge, le célibat et les longues nuits d'insomnie. De tout temps la mafia a su et a réussi, comme les belles femmes, à me narguer. »

Les juges, le maire et ses conseillers étaient tous plongés dans leurs dossiers. Emilio n'avait plus rien à apprendre. Il se sentait comme libéré pour admirer ce corps superbe, en mouvement dans cette salle sinistre. Elle le regardait aussi, souriait puis continuait à aller et venir sans raison apparente. Au moment de la pause, elle vint vers lui, se pencha jusqu'à ce que ses cheveux touchent ses épaules et lui dit presque en chantant :

— Voulez-vous un café ?

Il ne répondit pas. Elle insista toujours sur le même ton :

— Alors un thé, une eau minérale, ou une bière, une bière tchèque, c'est paraît-il la meilleure...

— Non, mademoiselle, je vous remercie mais je ne veux rien. J'aimerais rester tranquille pour rédiger mes notes. Soyez gentille, ne me dérangez plus.

Elle était un peu vexée. A ce moment-là, elle était si proche de lui qu'il vit distinctement ses seins fermes et parfaits. Il saliva comme un enfant. Il eut honte. Elle partit, le laissant dans la salle, les yeux humides et le cœur battant. Il ferma à peine les yeux et imagina ce corps si jeune, si beau, dévoilé, disponible sous son regard et entre ses mains. Il la déshabilla lentement. Elle se laissa faire sans dire un mot. Quand elle fut toute nue, elle mit ses mains sur son bas-ventre puis dit à Emilio :

— Vous n'avez pas le droit de toucher mes seins.

Il s'agenouilla par terre et posa sa tête sur le ventre chaud de la fille. Il entendait les bruits d'un corps où tout était en ébullition. La peau était douce. Ce n'était pas un ventre plat ; il n'aimait pas les femmes minces. Il resta immobile et silencieux un bon moment. Il se mit à embrasser les mains posées sur le pubis. Des poils dépassaient. Avec sa langue, il entrouvrit les doigts qui se desserraient lentement. Il atteignit la vulve et se mit d'abord à l'embrasser puis à la lécher méthodiquement. Elle ne poussait aucun râle, mais s'abandonna aux caresses d'Emilio qui obéissait comme un petit chien au désir de sa dame. Sa langue se promena autour du ventre, autour des seins sans les toucher, puis arriva à sa bouche qui refusa de s'ouvrir. De ses bras, elle le repoussa et dit :

— Mes lèvres ne vous appartiennent pas. Vous ne devez pas les embrasser.

Emilio ne dit mot, laissa sa bouche caresser les joues puis le cou de la femme. Il transpirait. Ses cheveux blancs en désordre se confondaient avec la chevelure rebelle. Il haletait. Sa main gauche se posa sur le ventre chaud. Elle, toujours immobile, se laissait faire sans toutefois écarter les cuisses. Il se leva, cachant de ses mains son sexe en érection et se dirigea vers la salle de bains. Il mit sa verge sous l'eau froide du robinet. Il sursauta. Le maire venait d'entrer. Le courant d'air fit claquer la fenêtre juste derrière la tête d'Emilio. Les juges tenaient leurs cartables serrés contre eux. Ils devaient être pleins de secrets.

Emilio passa les doigts dans ses cheveux, sortit un mouchoir et s'essuya le front. La jeune femme apporta une bouteille d'eau Ferrarelle et la posa devant lui. Il l'appela :

— Mademoiselle ! Mademoiselle ! Vous n'auriez pas une autre marque d'eau ? Ferrarelle est trop basique. Elle est lourde et nocive. Il faudrait la retirer du marché.

— Ne vous énervez pas, monsieur le haut-commissaire...

Elle revint, se pencha sur lui jusqu'à inonder son visage de sa chevelure et lui dit à l'oreille :

— Elle aurait même des vertus aphrodisiaques... Je sais de quoi je parle.

Quand elle disparut, le maire reprit son exposé.

« A l'heure où l'Europe se construit, peut-on continuer d'admettre la loi de la mafia ? Je vous dis cela parce que la mafia s'intéresse aussi à la construction européenne. Si demain un intérêt criminel italien coïncide avec un intérêt criminel français ou espagnol, l'Italie couvrira le crime ou le délit français ou espagnol. C'est sans doute en Suisse que l'on trouve le plus de mafiosi au kilomètre carré, mais ils se gardent bien de violer les lois du pays. Chez nous, par contre, il existe un rapport direct entre la mafia et la nature même du régime. En outre, la structure judiciaire est laissée sans moyens ; son implantation territoriale n'a pas changé depuis un siècle. » Puis en regardant Emilio qui avait l'air absorbé : « Vous me suivez ? » Celui-ci hocha la tête en esquissant un petit sourire ; il se mit à fixer le portrait du président de la République.

Une brèche s'ouvrit dans le mur, au-dessus du cadre, et un mince filet d'eau coula. Personne ne le remarqua. Seul Emilio se sentit concerné par cette eau qui sortait du mur. Il vit un concierge déposer un seau pour recueillir l'eau puis chercha des yeux la jeune femme qu'il décida d'appeler Calypso, nymphe de l'hospitalité et du silence. Il se dit : « Si elle retint Ulysse pendant sept ans dans l'île d'Ogygie dont elle était la reine, elle pourrait me tenir compagnie, ne serait-ce que durant les longues heures de cette réunion nécessaire mais inutile. »

Calypso n'apparut plus. L'eau s'arrêta de couler. Le président de la République avait l'air de pleurer. Mais personne ne le regardait.

Lorsque le maire acheva de lire son rapport, un des juges, petit et sec, se leva et s'adressa directement à Emilio qui fut tout étonné :

— Monsieur le haut-commissaire, je vous prends à

témoin pour transmettre au gouvernement ma décision : je démissionne du pool antimafia. Je le fais en toute connaissance de cause. Je n'ai pas peur, même si je sais que si la mafia voulait me liquider, elle n'aurait aucun mal à le faire. A partir du moment où elle a tué le général Dalla Chiesa, l'homme le plus protégé d'Italie, Basile, le capitaine des carabiniers, Cassaro, l'adjoint au chef de la Squadra mobile, Gaetano Costa, procureur, Pio La Torre, leader du parti communiste, Mattarella, président de la région de Sicile, Cesare Terranova, juge... et d'autres personnes anonymes, cela veut dire que rien ne l'arrêtera dans son travail. Non, je démissionne parce que l'État n'est pas de taille à lutter contre cette organisation. Le serait-il, encore faudrait-il qu'il le veuille, qu'il le décide vraiment et qu'il fasse un choix. Or, je ne parlerai pas à mots couverts, je parlerai directement et franchement : tant que les liens entre l'organisation tentaculaire du crime et l'État sicilien ne seront pas publiquement dénoncés et rompus, tout ce que nous ferons, tous les risques que nous prendrons seront nuls et sans impact sur notre lutte. Je retourne à mon bureau pour m'occuper des questions quotidiennes d'héritage, de divorce et d'assurance. Au moins, c'est clair !

Au même moment, Calypso entra et glissa au maire un bout de papier plié.

« Messieurs, j'ai le regret de vous annoncer l'assassinat de Libero Grassi. Je l'entends encore affirmer, dans une de ses belles colères : “ Capituler ? Il n'en est pas question. Je ne paierai pas et les autres doivent faire comme moi. C'est seulement comme ça qu'il sera possible de gagner cette guerre. ”

» Certes, il était aussi provocateur et défiait la mafia. Il disait : “ La mafia doit réagir ; c'est sa crédibilité qui est en jeu. Mon refus représente un refus dangereux. Je suis la preuve vivante qu'un refus est possible ! ”

» Hélas ! la mafia a réagi en lui tirant quatre balles dans le corps. Je lève la séance pour quelques minutes. »

Au moment où tout le monde se leva, Calypso entra et le portrait de Francesco Cossiga tomba par terre.

Le silence se prolongea par l'échange de regards étonnés.

« Avec toutes ces mauvaises nouvelles et ces choses bizarres qui se produisent dans cette salle, se disait Emilio, je ne sais pas ce que me réserve encore la journée comme surprise. »

Ce fut dans une atmosphère lourde et pénible que le maire reprit la parole pour conclure : « Je crois que je ne vous ai rien appris de nouveau. Nous sommes tous bien informés. Mais en même temps nous sommes des produits de la démocratie. Nous croyons à la démocratie, je veux dire à la loi et au droit, au respect de l'individu, quel qu'il soit. Or la démocratie profite à nos ennemis. Si nous démissionnons, et là, je respecte la décision de Cesare, nous serons à la merci de l'organisation. Je parle en tant que simple citoyen. Je ne parle pas en tant que maire et surtout pas en tant que membre de la Démocratie chrétienne... »

Une discussion s'engagea sur l'opportunité d'accuser l'État et sur l'efficacité d'une telle dénonciation. Emilio se contenta de prendre des notes sans lever les yeux, de peur de rencontrer ceux de Calypso. Il se souvenait de l'époque où il avait l'âge du maire et partait en guerre contre la mafia et la camorra. Il avait encore des illusions et l'assassinat de son ami et maître, l'avocat Collo, ne le découragea point. Mais en trente ans, quelque chose s'était brisé en lui : sa volonté n'était plus aussi farouche qu'avant. Seules les femmes, l'amour des femmes, le maintenaient encore en forme et même en vie. Il comprit que l'homme était un animal dangereux et sans scrupules, et que cela ne servait à rien d'essayer de le corriger. Il posa ses mains sur la table et ne prit plus de notes. Il se leva et alla vers la fenêtre. De son index, il entrouvrit le rideau et regarda, pensif, l'agitation de la rue. Il aperçut, dans l'immeuble en face, une femme en maillot de bain en train de faire de la gymnastique. Elle devait avoir entre trente et quarante ans. Il sentit un désir soudain et bref inonder son corps. Cette femme avait de gros seins, et il aimait les gros seins. Il se retourna pour voir où en était la réunion. Les juges, à tour de rôle, faisaient leur rapport. Il n'avait personne à qui communiquer cette irruption de désir. On l'aurait pris pour un vieux fou, un obsédé sexuel, quelqu'un de fatigué. Il regardait tous ces hommes accablés de problèmes et regrettait leur manque de sensibilité érotique. La sensibilité érotique fonctionnait chez lui comme un réflexe naturel. Il aimait en parler avec ses amis comme il aimait leur faire découvrir des textes érotiques rares. Il avait notamment un ami d'enfance dont il appréciait beaucoup la vivacité d'esprit et le rapport quasi obsessionnel qu'il entretenait avec la sexualité. Il l'aimait bien parce qu'il était plus audacieux que lui et exprimait, en langage clair et direct, ses fantasmes les plus fous… Avec lui, Emilio se sentait à l'aise. Leur jeu favori, c'était d'échanger les récits de leurs aventures amoureuses.

Décidément, il n'y avait dans cette salle que des

hommes sérieux et graves, comme si la lutte contre la criminalité excluait toute pensée érotique. Il chassa de son esprit ces images et reprit sa place autour de la table de réunion. L'image du corps de Libero Grassi criblé de balles s'imposa quelques secondes puis disparut. Il pensa aux femmes que cet homme avait dû aimer, et osa même se poser la question : « Quand Libero Grassi a-t-il fait l'amour pour la dernière fois et avec qui ? » Il trouva ces pensées obscènes et exprima par un tic de ses lèvres le dégoût de lui-même.

Lorsqu'il s'assit, son regard croisa celui de Calypso qui venait à sa rencontre :

— Vous avez besoin de quelque chose, monsieur le haut-commissaire ?

— Non, rien, merci. Je m'ennuyais un peu. Je regardais la rue. Curieusement, j'ai cru vous apercevoir à la terrasse du café, là-bas.

— Je n'ai pas bougé de ma chaise.

— Alors je vous vois partout.

— Ça, c'est dangereux !

— Vous êtes dangereuse. Votre présence ici est de l'insolence. Ça m'inspire de la colère. Arrêtez de rire ; vous allez perturber la réunion.

— Mais non, monsieur le haut-commissaire, il n'y a plus de réunion. Ils sont tous partis déjeuner et moi je suis venue vous chercher pour vous accompagner au restaurant.

— Je n'ai pas faim.

— Moi non plus. Nous pourrions aller nous promener.

— Déshabillez-vous !

— Quoi ?

— Déshabillez-vous, c'est le seul ordre que je sache donner. Fermez la porte à clé.

Calypso exécuta ces ordres et vint toute nue tourner autour d'Emilio. Elle dansait et jouait avec sa chevelure.

— A quoi voulez-vous qu'on joue ? lui dit-elle.

— On ne va pas jouer, on va faire l'amour sur le bureau de monsieur le maire !

— Vous êtes cinglé !

— Oui, un peu. Vous auriez préféré rédiger sur cette même table le rapport entre le trafic de drogue à Naples et la haute couture à Milan ? C'est quand même plus drôle d'utiliser cette table et cette salle pour des ébats érotiques !

— Alors attrapez-moi !

Elle se mit à courir dans tous les sens. Emilio la poursuivait en riant. Mais il fut vite fatigué. Il tomba une première fois en se prenant les pieds dans une chaise renversée. Une deuxième fois, il perdit l'équilibre et s'étala par terre. Son cœur battait fort. Calypso se pencha sur lui et lui fit du bouche à bouche. Elle se mit sur lui à califourchon et frotta son sexe contre le sien. Emilio était encore habillé. Il transpirait. Son sexe ne se leva point. Elle avait beau le caresser avec la main. Il n'y avait rien à faire. Emilio se leva péniblement, se peigna et mit de l'ordre dans ses habits. Calypso se rhabilla et disparut. Emilio s'assit à sa place et eut l'étrange sensation que c'était la fin. La fin de tout. Calypso ne réapparut plus. La réunion avait dû se terminer ou bien se continuer ailleurs dans un autre bureau.

Emilio se leva, tituba puis, prenant appui sur la table, fit quelques pas. Il voulait aller aux toilettes. Il marcha péniblement. En ouvrant la porte, il crut apercevoir

Calypso qui sortait d'un bureau. C'était bien elle. Elle vint vers lui :

— Mais, monsieur, vous ne vous sentez pas bien ? Je peux vous aider, appeler un médecin... Il est tard et il n'y a plus personne à la mairie à cette heure-ci.

— Ça va aller, mademoiselle ; puis-je vous prendre le bras ? Qu'est-ce qui s'est passé ? Il y avait bien une réunion avec le maire et les juges du pool antimafia ?

— Non, monsieur, c'est une réunion qui a été annulée après une alerte à la bombe.

— Une fausse alerte, j'imagine ?

— Non, monsieur, la mafia ne plaisante pas. On a trouvé une bombe sous les lavabos des toilettes.

— Où étiez-vous, mademoiselle ? J'ai l'impression que nous nous connaissons.

— Vous faites erreur. Je suis juste de passage. Je suis venue de Bologne pour voir mon fiancé. Mais comme toujours, il est très occupé. Je dois attendre dans un de ces bureaux qu'il ait une heure pour qu'on se parle. Là, c'est foutu ! Je ne risque pas de le voir ce soir ! Je suis, telle que vous me voyez, une victime de la mafia !

— Voulez-vous accepter de dîner avec moi ?

Elle eut un temps d'hésitation, puis dit en riant :

— Pourquoi pas ?

Durant le dîner, Emilio fut troublé. Ce qui l'intriguait, ce n'était pas seulement la beauté de cette jeune femme, mais aussi le fait de ne pas réussir à retrouver le lieu et le moment où il l'avait rencontrée. Elle était plus grande que lui, explosait de vitalité. A côté d'elle, il se sentait tantôt très vieux, tantôt très jeune. Il avait l'émotion et le désir d'un jeune homme et en même temps, il se sentait dépassé. Aucune histoire n'était possible entre elle et lui. Quand elle parlait de Giuseppe, ses yeux brillaient. Elle craignait beaucoup pour la vie du maire. Depuis sa réélection, elle avait dû passer deux ou trois soirées avec lui.

Elle alluma un cigarillo, commanda un verre d'*amàro*. En essayant de parler, elle eut les larmes aux yeux. Emilio, gêné, lui prit la main et la serra.

— C'est presque impossible d'aimer par temps de mafia. Est-ce que les gens de la mafia ont le temps d'aimer ? Que font-ils entre deux trafics, entre deux règlements de comptes ?

— Aimer, vivre, rendre justice... Nous avons en face plus qu'un ennemi, une superpuissance qui nous manipule et qui se moque éperdument de nos sentiments. Voyez-vous, mademoiselle, j'ai soixante-quatre ans, et j'ai dû passer la moitié de ma vie dans des réunions pour lutter contre la mafia. Mis bout à bout, le temps perdu à parler et à échafauder des plans de riposte antimafia ferait bien une vie. Et puis, dans ce pays, on s'est trompé sur tout. A présent, vu mon âge et mon expérience, je n'ai plus d'illusion. Mais comme je suis un citoyen responsable, je continue de croire, ou plus exactement de faire semblant de croire, qu'on pourrait un jour se débarrasser de ce malheur qui colle à la peau de l'Italie. En fait, s'il n'y avait de temps en temps un fils de pute qui trahit et nous renseigne, nous en serions encore à pleurer d'impuissance. Voilà pourquoi, mademoiselle, je ne m'intéresse plus qu'à la beauté. J'aime la musique et l'amour, l'amour des femmes. Je ne me suis pas marié à cause de ma passion pour les femmes. Je suis éternellement amoureux de toutes les femmes qui traversent ma vie. Je serais un peu présomptueux de vous dire, chère amie, que ce soir je suis amoureux de vous, mais je sais que dans quelques jours, alors que vous serez à Bologne et moi à Rome, je sais que des liens étranges et sublimes nous réuniront, presque à notre insu. Cette seule idée me remplit de joie, l'idée de savoir qu'un jour prochain, de vous je serai amoureux. Excusez-moi, chère amie, mais si je vous parle ainsi, c'est parce que mes émotions me poussent à le faire. A mon âge, je n'ai plus rien à perdre. Alors, je suis le chemin de la sincérité ; quand il se trouve que ce chemin s'arrête à la beauté, alors je le dis, parce que telle est la vérité. Vous, vous êtes victime de la mafia, je veux dire de la lutte antimafia. Moi, à cause du malaise que j'ai eu en arrivant à la mairie, j'ai la chance ce soir de dîner avec vous. Personne n'est à sa place ni dans son désir, alors, réjouissons-nous de cet immense plaisir dû au hasard.

— Vous n'allez tout de même pas rendre hommage à la mafia, parce qu'elle nous a permis de nous rencontrer ? dit-elle en riant.

— Non, bien sûr que non. Je rends hommage à la beauté, à l'émotion qu'elle a provoquée en moi et à la surprise qui m'a fait oublier un malaise qui aurait pu m'envoyer à l'hôpital.

Emilio lui prit la main et la baisa. Il se leva et proposa à la jeune femme de la raccompagner en taxi.

— Non, ce n'est pas la peine. Je vais retourner à la mairie. S'il y a de la lumière à la cinquième fenêtre du troisième étage, c'est un bon signe. Sinon, j'irai dormir chez des amis et je prendrai l'avion demain matin.

— Je vous accompagne jusqu'à la mairie.

— Cela me gêne un peu. Vous êtes fatigué et puis ce n'est pas drôle...

— Écoutez, mon hôtel est en face de la mairie. Peut-être que de ma chambre on voit la fameuse fenêtre ?

Elle sourit puis, la tête entre les mains, elle murmura :

— Maudite mafia ! Elle a ruiné ma vie, elle m'empêche d'être avec l'homme que j'aime ! Maudite mafia !

Elle posa sa tête sur l'épaule d'Emilio. Ils se dirigèrent vers un taxi. Arrivés à l'hôtel, il lui prit une chambre mitoyenne à la sienne. Aucune fenêtre n'était allumée dans tout l'immeuble de la mairie. Giuseppe devait encore être en réunion dans un lieu secret. De sa chambre, Emilio entendit Calypso pleurer. Il donna quelques coups au mur qui les séparait. Elle répondit par autant de petits coups. Emilio commanda une bouteille de champagne et invita Calypso à boire avec lui. Ils s'installèrent face à la mairie et burent en silence quelques coupes.

Le lendemain matin, Emilio se réveilla assez tard. Il trouva une lettre posée sous la bouteille de champagne :

> Cher ami,
> J'ai été vraiment heureuse de passer ces quelques moments en votre compagnie. Vous m'avez aidée à repousser l'angoisse qui m'étranglait. Vous êtes un homme bon. C'est peut-être parce que vous avez toujours été animé par l'amour que tant de bonté se dégage de votre présence. Restez fidèle à l'amour et à la beauté. Le reste, laissez-le aux autres. Je vous écris ces mots et vous dormez. Votre visage est serein. On dirait que vous souriez. Cela me plaît de m'adresser à vous ainsi. La mafia nous a au moins permis de nous renconter. Ne le dites à personne.

Car on ne comprendra rien à notre histoire, si brève, si peu commune : un homme et une femme peuvent se rencontrer et même passer une partie de la nuit dans une chambre d'hôtel, se faire du bien uniquement en étant présents. C'est cela qui m'a plu dans notre histoire marquée par l'élégance du cœur, faite de patience et d'humour. Grâce à vous, entre la réalité et le songe, je n'éprouve plus cette épaisseur d'argile qui me rend triste.
« Il en va de même de certaines femmes comme des vagues de la mer, dit le poète. En s'élançant de toute leur jeunesse, elles franchissent un rocher trop élevé pour leur retour. » J'ai, en ce moment, le sentiment d'être l'une de ces vagues. Vous ne me verrez pas m'éparpiller en écume à vos pieds. Je m'en vais, guérie. Je penserai encore à Giuseppe avec émotion. Je penserai à vous avec tendresse. Mais je serai enfin libre. Merci, cher Emilio, d'avoir pris la peine de m'écouter toute une nuit puis de me parler. Je dois vous avouer honnêtement que mon corps ne pouvait vibrer à votre désir, trop occupé par l'absence de Giuseppe. Vous êtes un bel homme. Ce n'est même pas une histoire d'âge. J'aurais pu tomber dans vos bras et devenir votre maîtresse. Mais vous êtes arrivé à un moment où j'avais besoin d'amitié et d'écoute. Je dois vous dire aussi que j'ai vraiment peur que la mafia me ravisse Giuseppe. Il a beau prendre des précautions, être protégé, circuler en voiture blindée, s'ils le veulent, je crains qu'ils réussissent.
Je n'aime pas Palerme. Mais c'est à Palerme que j'ai rencontré Giuseppe et gagné votre amitié. J'espère

que vous n'êtes plus en colère contre moi. Cela m'a fait rire. Vous séduisez par la colère. Je comprends cela. Au revoir, ami ! Je vous laisse où me joindre. Je compte vous revoir.

Chiara.

Il lut la lettre en souriant et se mit ensuite à regarder fixement ses mains. Des mains larges et épaisses. Il se demanda : « Est-ce que ces mains sont capables d'étrangler une belle femme, ou bien ne savent-elles que caresser ? Ah ! si elles pouvaient parler et se souvenir, si elles étaient capables de me faire revivre des moments où elles découvraient des corps sublimes. Pourquoi n'ont-elles pas gardé les traces de ces moments heureux ? Parlez, racontez, ô mes témoins discrets ! ô mains cruelles qui avez trempé dans tant de passions inutiles ! »

Il relut la lettre de Chiara, resta pensif et se dit : « Après tout, c'est mieux ainsi ! Je n'ai plus le temps et la patience de courir derrière une si belle gazelle. Tout est étrange depuis que j'ai mis les pieds à Palerme. La mafia a dû m'ensorceler ou me jeter un sort. Depuis le temps que je m'en occupe, les " boss " me connaissent parfaitement. Ils savent mes faiblesses et soupçonnent ma force. Ce matin, Palerme est triste. Une odeur de mort rôde autour de l'hôtel. Je ne vais pas lire les journaux. Les mauvaises nouvelles finissent toujours par vous atteindre.

» Ainsi, elle s'appelle Chiara. Ça lui va bien. Elle me rappelle Adriana, une fille qui travaillait chez mon frère Egisto à Turin. Elle aimait faire l'amour dans les trains. Que de fois avons-nous fait l'aller-retour Turin-Milan pour le plaisir, à l'heure du déjeuner ! »

Il se mit à écrire en pensant tantôt à l'une, tantôt à l'autre. Il s'adressait à une belle femme, capable de le faire rêver et de le faire sortir d'un tunnel étroit où il s'était égaré.

J'ouvre les yeux, Chiara, et je vous vois debout comme une sculpture animée par un vent de liberté, car vous êtes rebelle, un peu inquiète mais tellement vive, parce que belle, posant votre regard plein de lumière et de clarté sur les choses, pensant à l'amour et retenant votre corps, comme si vos gestes pouvaient vous précipiter dans une histoire folle, une histoire que vous risquez de ne pas contrôler. Ô belle présence, votre voix est une énigme ! Je ne sais jamais si elle exprime le fond de vos pensées, ou bien elle se fait rude pour vous protéger ou bien pour vous trahir. Votre voix m'intrigue car elle est chaude, elle est pleine de désir, mais vos gestes vous mettent à distance. Belle et libre, belle et exigeante, vous êtes une poésie difficile à comprendre, difficile à dire, mais c'est une poésie, c'est-à-dire quelque chose de beau, de lumineux comme votre regard, comme la douceur de votre peau et la limpidité de votre sommeil.
Je regarde les images de vous, changeantes, chantantes, car la musique est dans votre regard. Vous me direz : Comment entendez-vous de la musique dans mon regard ? Je vous dirai, mon amie, que c'est une question d'émotion et de présence à votre présence. C'est cela que j'ai voulu vous dire en ce matin pluvieux, en ce matin où penser à vous, vous écrivant, m'apporte un peu de lumière, la lumière

intérieure que vos yeux vous donnent quand vous êtes heureuse.

Emilio.

Il garda cette lettre dans sa poche et s'en alla rendre visite à son ami Paolo di Napoli, un artiste qui, comme lui, avait la passion de la beauté. Di Napoli s'était ruiné en finançant un superbe film avec Silvana Mangano dont il était amoureux. Le film n'eut aucun succès commercial.

Sa maison est une vieille bâtisse qui se souvient d'avoir été un palais. Il y a aménagé un atelier pour peindre puis quelques pièces pour vivre.

Emilio et Paolo s'étaient connus à l'école. Ils avaient aimé la même femme et avaient réussi à sauver leur amitié. A chaque voyage à Palerme, ils se voyaient, d'abord seuls, ensuite avec Susanna, la compagne de Paolo.

— Tu es venu pour le comité antimafia ?

— Oui, en principe. Je dis en principe parce que je ne sais plus ce qui m'arrive ni ce qui se passe dans ma tête. J'ai eu un malaise à la mairie. Quand je me suis réveillé, j'étais dans les bras d'une femme particulièrement laide. J'ai eu beaucoup de mal à m'en débarrasser. Elle m'a écrit une belle lettre. Je lui ai écrit moi aussi.

— Elle est vraiment laide ?

— C'est l'impression que j'ai. Peut-être que cette femme n'existe pas. J'ai dû l'inventer et la faire laide pour ne pas me compliquer la vie... J'ai vu qu'ils avaient tué trois femmes à Bagheria... un massacre, puis ce matin on a parlé d'un industriel abattu parce qu'il refusait de payer le *pizzo*.

— Ça t'étonne ?

— Un peu... Tu sais qu'un des juges du pool antimafia a démissionné ? Il trouve que l'État ne fait rien pour lutter contre la mafia. Giuseppe, lui, va plus loin, il a dit que l'État était lui-même impliqué dans des trafics de la mafia. Enfin, voilà, rien de nouveau. Toujours la même rengaine. Et moi, fidèle au poste, je continue à rédiger des rapports que personne ne lit. Cette fois-ci, je suis venu à Palerme incognito. Pas de voiture blindée. Pas de motards devant et derrière. Pas de gardes du corps. Je me sens libre. J'avais rendez-vous avec Anna, tu sais, la belle Anna... mais elle n'est pas venue. Je crois que son mari se doute de quelque chose.

Emilio rentra à pied à l'hôtel. Il pensait, en marchant, à quelques femmes qu'il avait aimées. Des images chargées de nostalgie et de désir défilaient dans sa tête, le rendant absent au monde. Des images de corps fracassés se mêlèrent à son univers intime. Il se souvint de l'époque où il était jeune avocat stagiaire au cabinet de maître Collo qui sera assassiné plus tard par un camorriste. Il se souvint aussi du procès où l'assassin fut acquitté par manque de preuves. Tout se mélangea dans sa tête.

Ce fut une longue journée, trop longue pour ne pas être porteuse de malheur. Il était fatigué. En arrivant à l'hôtel, on lui dit que deux jeunes gens étaient venus le voir. Cela ne l'étonna pas. Il prit sa clé et monta dans sa chambre. En se déshabillant, il se rendit compte que son sexe était froid et sans vie. Il le massa nerveusement sans réussir à le réveiller. Il se rappela l'époque où il se masturbait. Sa tête était vide. Plus aucune image ne défilait. Il se coucha nu dans le lit qui paraissait immense, sa verge endormie dans le creux de sa main. Triste.

Une balle dans la nuque, probablement tirée à bout portant, mit fin à cette immense tristesse et à un désarroi qui torturait le pauvre Emilio qui ne savait se battre ni contre la mafia ni contre les femmes.

III

Journal d'un criminologue angoissé

Nommer la douleur, la rendre à l'herbe de cet automne ensoleillé, la coucher dans la terre imbibée de rosée tardive, et oublier le pays, ses pierres brisées, sa montagne gardée par une tour ancienne, ses visages fermés, ses silences et sa familiarité avec la mort.

Dire la souffrance des miens, mes insomnies et ma lassitude pour se retirer lentement d'une fournaise apparemment paisible et s'endormir enfin dans une cité anonyme où la parole n'est plus captive de quelque secret, où les cris ne sont plus des déchirures dans la nuit, où le sang est une fantaisie. Marcher dans le bois, ramasser des cèpes, somnoler dans les bras de la femme que j'aime et penser aux Antilles. Penser aux plages lointaines, juste pour mes rêves, un peu de sable et de solitude.

Mais la douleur est là, innommée. Elle rôde autour de la maison, attend le soir pour s'immiscer dans le corps et en faire sa demeure.

Les souvenirs sont déposés dans un cahier d'écolier. Ils ont repoussé la nostalgie, ne laissant d'espace que pour les comptes rendus secs, froids, systématiques, des rapports écrits avec précision, avec des mots administratifs, sans la moindre fantaisie, ni couleur ni humeur, juste l'essentiel. Des mots blancs, gris, décisifs, tombent comme des machettes sur des roseaux ; ils décrivent, situent, datent, constatent puis restent immobiles, sans vie, sans jeu, sans esprit.

Comment pouvaient-ils être autrement puisqu'ils désignent la mort, la mort brutale par assassinat en plein jour sur la place principale de la ville. Comment décrire un homme à qui une rafale de mitraillette vient d'arracher un bras et qui continue de courir jusqu'à tomber sous une rafale encore plus nourrie et plus précise ? Comment définir la détresse de ceux qui l'ont mis au monde, ceux qui l'aiment et qui doivent faire l'apprentissage de l'absence ?

D'abord la technique : remonter le film de l'événement, nommer les lieux, l'heure précise, l'arme utilisée, le calibre des balles, l'endroit du corps atteint par le tir, le cœur ou la nuque, la tempe ou entre les yeux, mesurer les déchirures du corps, la profondeur des plaies, la dernière expression du visage, l'âge, le nom et le prénom, la profession, la réputation, les antécédents... classer tout cela dans un dossier à numéroter et à remettre au juge d'instruction.

Cela est mon travail. Je suis criminologue. Je suis fonctionnaire du ministère de la Justice. Je dois être disponible pour fournir toutes ces informations le plus rapidement possible. Je fais des fiches. Je les classe. Je les analyse au bout d'un certain temps, après une année en général. Je communique mes conclusions aux sociologues, à l'observatoire universitaire de la camorra, à certains journalistes, à la police éventuellement.

Je travaille dans le morbide. J'arrive après la mort,

plus vite que les fossoyeurs, plus calme que la police, plus serein que les proches de la victime.

Mon territoire a été déterminé par mes supérieurs. Eux ne connaissent pas le terrain. Moi, c'est mon rôle, c'est mon métier d'être sur le lieu des drames. Il y a les statistiques officielles et puis il y a les statistiques personnelles. Parfois, elles coïncident. En 1988, j'ai noté 294 personnes mortes assassinées à Naples et dans sa région. Je n'ai pas fait 294 constats et rapports. Mais j'en ai fait pas mal. Je le sais parce que Stefania ma fiancée m'a quitté. Je vis seul. Je n'ai pas le droit de me plaindre. J'ai choisi ce métier parce que je suis né dans une petite ville où on a l'habitude de régler les problèmes en supprimant ceux qui les causent. Allez savoir pourquoi. Les sociologues font des thèses sur ce phénomène. On parle de clan, de famille, de « boss » et de « killer ». La presse surtout utilise ces mots américains. Les mineurs qui manient le pistolet avec dextérité et tuent, on les appelle les « baby-killers ». Moi, je n'utilise pas ces termes. Je n'ai pas le droit de les utiliser. Je parle d'homicide, de victime et d'assassin présumé. Quand je parle, quand je pose des questions, je fais attention. L'objectivité est une question de mots. J'ai appris à en mesurer les conséquences surtout depuis la mort de Giancarlo, un ami journaliste. J'ai relu ses articles. Je n'y ai rien trouvé d'injuste ou d'offensant pour les maîtres des lieux et présumés maîtres du crime. Mais nous ne devons pas avoir la même grille de lecture. Stefania n'était pas de mon avis. Elle m'avait dit qu'il y a des mots, apparemment anodins, qui tuent, et Giancarlo a été tué probablement par certains mots. Ils ne sont pas plus dangereux que d'autres. Comment le savoir ? Il faut avoir un don :

repérer les mots qui ont le pouvoir de susciter la colère froide et la décision elle-même froide de supprimer leur auteur. Qu'importe l'heure et le lieu. Certains ont besoin de faire une démonstration de leur force. Ce sont en général des jeunes débutants. Les chefs incontestés opèrent sans grande publicité. Les jeunes, ayant besoin de se faire connaître, ne lésinent pas sur les moyens pour donner un spectacle marquant. Ils ont besoin de la lumière du jour, de la foule, d'un public qui enregistre leur entrée en scène. Les autres, les vrais chefs, préfèrent les subtilités de la nuit. J'ai rarement été réveillé la nuit par la police. Généralement, on attend le lever du jour pour commencer l'enquête. L'ennui c'est que parfois le corps disparaît, enlevé par la famille ou découpé en morceaux par les tueurs et jeté dans le fleuve. En arrivant sur les lieux du crime, on ne trouve que du sang et un ou deux objets qui signent le meurtre.

Les disparus meurent plus d'une fois. Ici, personne ne nourrit l'espoir de retrouver un disparu. On sait seulement que c'est une mort redoublée, pour faire encore plus mal à la famille. Parfois, on retrouve un bras, une jambe, rarement la tête. Quand on ne retrouve rien, on lance la rumeur : il est à la montagne. Ce sont surtout les tueurs qui trouvent refuge à la montagne.

Un poète a dit : « La ruine d'un homme se mesure à ce qu'il est, non à ce qu'il perd… » Ma ruine est ce que je suis devenu et ce que j'ai perdu en chemin. Je suis dévasté ; je me maintiens ; je résiste ; je repousse de toutes mes forces le mur qui avance et qui risque de s'écrouler sur moi. Le juge d'instruction n'a que faire des humeurs d'un petit fonctionnaire tenant une comptabilité macabre. Alors j'écris pour moi. J'écris pour Stefania. Je ne l'ai pas retenue. Elle a eu raison de partir. Elle n'est pas vraiment partie. Elle m'attend là-bas, loin du Sud, à Turin. Nous ne sommes pas séparés, juste éloignés l'un de l'autre. Je pense souvent à elle. J'aime penser à elle. Je m'ennuie d'elle. Mais ce n'est pas une vie ce que je lui offre : la peur, la menace, l'intimidation, des pages d'écriture pour les rapports. Elle voulait un enfant. Je lui ai demandé d'attendre un peu. Elle fut atteinte d'une sorte de mélancolie pleine de désespoir. Elle se négligeait, passait des journées entières au lit. L'hiver fut rude. De la fenêtre on aperçoit le Vésuve, gris, noir, endormi dans une lourde tristesse. Autour de la maison, le paysage est de cette même noirceur : un terrain vague où sont entassées de vieilles voitures, une cabane en bois et des chats indifférents au malheur de la région.

Avant de mettre au propre le rapport du massacre devant l'église de Torre Annunziata, je dois noter l'histoire de ces deux gamins arrêtés pour vol dans un grand magasin. Je l'écris pour moi, le juge n'en voudra probablement pas : l'un a douze ans, l'autre en a treize. Ils font équipe depuis l'été où ils vendaient des mouchoirs en papier sur la plage. A présent, ils se sont mis à vendre des cigarettes. Quand ils ont faim, ils descendent au sous-sol du supermarché, au rayon alimentation, et avalent tout ce qu'ils peuvent chaparder. Ce jour-là, après avoir bien mangé, ils sont montés à l'étage des boutiques de luxe. Le vigile les a repérés et a attendu pour les prendre la main dans le sac. Ils ont volé chacun une montre. Arrêtés, ils n'ont fait aucune difficulté. Ils ont attendu l'arrivée de la police, qui a mis du temps avant de débarquer, pistolet au poing, comme si c'était l'arrestation de l'ennemi public n° 1. Les agents ont eu l'air ridicule quand ils se sont trouvés face à ces deux moineaux pris de fou rire. Ne sachant que faire, le sergent appela son chef qui vint sur place. En bon père de famille, il a tapoté la joue des enfants qui riaient de plus en plus.

— Comment vous vous appelez ?

— Johnny Staccato.

— Baby Batman.

— Ça, ce sont vos surnoms. Quel est le nom de famille ?

— Staccato et Batman !...

— Bon. Où habitez-vous ?

— Quelque part vers San Lorenzo...

— Bon...

— Arrête de dire bon... il n'y a rien de bon dans cette affaire...

— OK ! Montez, on va vous conduire chez vous.

Les deux gamins se regardèrent et éclatèrent de rire.

— OK, boss !

La camionnette de la police a tourné pendant des heures dans les ruelles de la ville ancienne. Les enfants ont menti. Agacé, le chef a arrêté la voiture et bousculé les deux garnements.

— Ou vous parlez, ou on vous emmène en prison...

— Tu ne peux pas ! Détournement de mineur... tu nous as bien pincé la joue ? Il y a des témoins...

— Je ne peux pas vous lâcher dans la rue. Où habitez-vous ?

— Un peu partout. Moi, mon père habite en prison depuis six mois. Et lui, son père est quelque part dans la montagne. La famille ? Nous n'en avons pas. On dort où on peut.

— Et l'école ?

— C'est pas pour nous... On a été renvoyé depuis qu'on a vendu la machine à écrire de la secrétaire du directeur... c'était avant l'été...

— Et que voulez-vous faire plus tard, quand vous serez grands ?

Ils répondirent en chœur :

— Baby-killer !

Le chef de la police s'essuya le front et leur fit signe de la main de partir.

« La ruine d'un homme... » commence ici avec l'enfance sans innocence, sans tendresse, une enfance confisquée par la violence ordinaire. Mon souvenir le plus pénible est aussi le plus inoubliable. Il est daté du 13 avril 1986. Une image m'obsède, se répète à l'infini. L'image d'un corps saupoudré de neige au milieu de la place principale de Quindici. Le corps d'un enfant. Treize ans à peine. De loin, on dirait un vieillard replié sur lui-même.

Il règne ce jour-là sur Quindici un silence de plomb. Pas un mot. Pas un bruit. Les portes sont fermées. Les élèves de l'école se sont rassemblés en ordre et attendent la levée du corps. Le curé est consterné ; ses yeux sont remplis de larmes. Ses lèvres murmurent des prières. J'arrive en même temps que l'ambulance. La police suit. Je me fraie un chemin en m'excusant. Une mèche de cheveux noirs couvre la moitié du visage. La balle l'a atteint au cœur. Travail de professionnel. Une seule balle a suffi, tirée à bout portant. Je procède aux mesures techniques. Je suis bouleversé mais il faut que j'accomplisse mon travail. Je note tout. Taille : 1,39 m ; âge : 12 ans et 9 mois ; né à Quindici ; fils de Bruno et Maria B. ; le père est instituteur ; la mère ne travaille pas. Je fouille dans les poches de la victime : un peigne, un paquet de Marlboro, un sandwich au fromage entamé, 5 billets de 1 000 lires, un bouton de veste, un coupe-ongles, un couteau de 9 centimètres. Le sang a déjà gelé.

Je regarde autour de moi. Que des visages fermés. Je prends le bras du curé et lui demande : « Qui ? »

— Hélas, on ne peut rien dissimuler...

— Vous connaissez l'assassin ?

— Oui, son père est venu me voir tout à l'heure. Il est prêt à collaborer avec la police pour qu'on le retrouve.

— Qui est-ce ?

— Angelo, quatorze ans, de la famille de Don G. Il a tué avec le pistolet que son oncle lui a offert pour son anniversaire. Angelo s'est enfui à la montagne. Des gens l'ont vu courir sur la route de la montagne, pistolet au poing. Voilà. Tu sais tout. Il n'y a pas de mystère. Angelo a tué Luigi après une petite bagarre à la sortie de l'école.

Jamais je n'avais eu autant d'informations si vite. Pour une fois, personne ne conteste la version du curé. Je vois ensuite le directeur de l'école. C'est un homme courtois et sympathique. Il est effondré et lève les bras en l'air en signe d'impuissance. Cet homme n'est pas de la région, mais il la connaît.

— Si je suis là, c'est volontairement. Je ne suis pas puni par le ministère de l'Éducation. Je sais que ce village est difficile. J'essaie de faire de cette école un lieu de culture par opposition à la violence ambiante. Les enfants ont des comportements qui sont conditionnés par le milieu. La violence est un mode de vie. Ce qui explique une agressivité presque normale chez les élèves. Notre rôle est de les arracher à la rue. De 8 h à 18 h 30 ils sont à l'abri de cette violence. Le plus dur est de les convaincre de l'utilité de l'école. Dehors il n'y a rien. Les gens de Quindici sont des gens bien, hospitaliers, braves… Ils ne sont pas mauvais. Mais il n'y a ni travail ni occupation artisanale. L'État a construit une usine qui a coûté six milliards de lires. Elle n'a jamais fonctionné. Elle rouille. Il y en a qui ne savent même pas que l'État a essayé de faire quelque chose pour eux. Ceux qui le peuvent quittent Quindici. Ils vont à Naples ou à Castellamare. Les autres, ceux qui restent, travaillent pour la camorra. Le maire était un chef de la camorra. Il a été destitué par le président de la République. Je crois que c'était la première fois que le président de la République entendait parler de Quindici. Depuis, le maire vit là-haut, dans la montagne. Il est inaccessible. La police a essayé une fois de le débusquer ; elle a utilisé des hélicoptères. C'était folklorique. Tout le village riait. Enfin, c'est ainsi !

— Et Angelo, vous le connaissiez ? Comment était-il ?

— Un adolescent quelconque. Il portait une arme comme la plupart des gens d'ici. Je ne crois pas qu'il venait en classe armé. C'est déjà un jeune homme. Il avait une Vespa et passait son temps à aller d'un village à l'autre. Il devait rendre des services à son oncle. Oui, déjà ! Allez voir le prêtre. Il est né ici. Il peut vous parler mieux que moi de la peur.

La peur ou le désespoir ? Les gens sont réunis par

petits groupes et ne disent rien. La consternation et le désarroi se lisent sur leur visage. Je marche péniblement, mon cartable me semble lourd. J'ai besoin d'un café. Un bar est entrouvert. Je pousse la porte. Une lumière faible est allumée. Une femme au comptoir me crie : « C'est fermé pour deuil ! » Je lui dis : « Je comprends, mais j'ai besoin d'un café pour continuer mon travail. » Elle me fait asseoir et me prépare un café.

— A présent, des enfants s'entre-tuent ! Nous sommes maudits ! Du temps de M. G., il n'y aurait pas eu ce malheur. Il va falloir aller le chercher à la montagne pour qu'il remette de l'ordre dans ce patelin de misère. Depuis qu'on a introduit ce qu'ils appellent la démocratie, vous savez, tous ces partis politiques qui ne sont jamais d'accord entre eux, Quindici est dans la misère. Rien ne marche, monsieur, écrivez cela dans votre journal.

— Je ne suis pas journaliste, madame. Je suis criminologue. De quoi vivent les gens ici ?

— L'argent envoyé par nos émigrés en Amérique, à Caracas, en Allemagne. Quant aux noisettes, elles pourrissent par terre.

En ce jour de tristesse et de froid, la peur avait un visage, celui d'une petite fille qui tremblotait au seuil de sa maison. Elle regardait cette grisaille et ces gens sans rien comprendre. Elle pleurait en silence, sans raison précise. Son regard brouillé par les larmes et le froid disait la désespérance de cette journée qui allait dévaster ma vie.

En rentrant le soir, Stefania était partie. Elle m'a laissé cette lettre :

Mon amour,
Je me suis réveillée ce matin l'âme malmenée, blessée, contrariée. J'ai senti le besoin urgent de changer de lieu. Je suis sortie et j'ai longtemps marché dans le froid. Nous nous sommes trompés de pays. Notre amour en souffre. Le sang coule sur des pierres très anciennes. Et ce pays sombre dans l'habitude du sang versé par la force érigée en loi. Et puis il y a le silence. Tout ce mutisme derrière ces visages qui se détournent devient intolérable. Je suis passée tout à l'heure devant un restaurant. Les gens bouffent et boivent avec indécence. J'ai la nausée. Et j'ai peur de te perdre. Mon bonheur, mon unique chance d'être heureuse, c'est toi. Pas en ce moment. Je demande beaucoup et toi tu es souvent absent ou absorbé par ton travail, par le doctorat que tu termines. Je comprends ta vocation et ton ambition. Tu es né ici et tu es un homme juste. La force, la terreur, le trafic des armes et de la drogue te répugnent. Tu as honte de cette terre imbibée de sang. Les justes dans ce pays dorment mal. Ils souffrent et les autres, ceux qui salissent ce pays, les narguent. Ô mon amour, je ne t'apprends rien de neuf, mais laisse-moi te le dire parce que j'ai besoin de parler, alors je t'écris et ne m'en veux pas si je m'éloigne un peu, non pas de toi, mais de cette terre grise qui me fait mal et me ruine. Que vaut une société où les enfants jettent le pistolet en plastique pour le remplacer par un vrai revolver avec de vraies balles pour commettre de vrais meurtres ? Tout le désespoir est là. Car il n'y a pas de réponse à une telle question.

Tu es un homme de loi et de droit exerçant ton métier dans un pays où la loi est celle de la brutalité, où le droit est écrit par le plus fort, le plus féroce, celui qui a réprimé en lui toute émotion, tout sentiment.
Notre couple ne vit pas. Il pèse sur lui une tonne d'eau, une eau marécageuse et puante. Je me suis longtemps débattue et à présent, pour nous sauver, je pars. Je m'en vais et je t'attendrai même si mes jours et mes nuits sont minés par l'inquiétude. Sache que je pense à toi et que je t'aime de toute mon âme. Laisse-moi un peu le temps de me retrouver et tu me rejoindras si toutefois, ce jour-là, il n'y a pas de cadavre à mettre en fiche. Je t'embrasse très doucement, je te serre dans mes bras et emporte en moi ton odeur et le souvenir de ta voix que j'aime.

Stefania.

Cette lettre m'a fait du bien. Je l'ai lue et relue. Je l'ai posée sur mon bureau, en face de moi. Elle m'a donné du courage. J'ai ouvert un dossier pour l'affaire de ce matin. Je rédigerai le rapport dans quelques jours. Il faut que je termine celui sur la tuerie devant l'église de Torre Annunziata. La presse l'a appelée « Le cheval de Troie », « Les touristes assassins ». J'ai préparé du café et j'ai mangé un peu de fromage. Je n'ai pas très faim. Moi aussi j'ai la nausée. Je me suis mis à rédiger, puis je me suis arrêté. L'image de cette mèche de cheveux sur une partie du visage du gamin m'habite. Elle grandit. Je la vois en gros plan. Elle devient floue. Autour de la maison, le silence. De temps en temps, un chien aboie.

Je pose le stylo, me frotte les yeux, je me lève et fais quelques pas dans la chambre. Je m'arrête devant notre photo de fiançailles. Une belle lumière douce me submerge. C'est l'été. J'entends mon père qui me dit : « Souris un peu, c'est un jour historique. » J'ai toujours eu du mal à sourire. J'ai souvent été grave, même enfant, je ne jouais pas beaucoup ; je n'aimais pas les plaisanteries de mes camarades. Je sens la tête chaude de Stefania sur mon épaule. J'aime le parfum de sa peau, le parfum de sa chevelure. J'aime fourrer ma tête dans ses cheveux et poser mes lèvres sur sa nuque. J'aime Stefania depuis le premier jour où je l'ai vue. Elle venait d'arriver au lycée de Naples. Son père était muté dans une succursale de sa société. Après deux ans, il est reparti avec sa famille à Turin. Le seul moyen de garder Stefania était de se fiancer avec elle. Elle a hésité un peu. Nous nous sommes fiancés quand j'ai eu mon diplôme. Elle poursuivit ses études de notariat. Nous étions heureux, très heureux. Je retourne à ma table de travail. J'ouvre mon carnet de notes, j'avale une gorgée de café et je me mets à écrire. Une autre image aussi violente que celle de ce matin surgit. C'est une photo en première page d'*Il Mattino* : un enfant de treize ans le visage crispé, le regard affolé. Cet enfant a tué de trois balles Luigi Giuliano, assassin présumé de son père. Sa mère, Anna, à la sortie du procès au cours duquel l'inculpé fut acquitté, lança un pistolet à son fils qui tira. Elle aurait déclaré : « Justice est faite. » Un policier tira sur l'enfant. Il le blessa. Cette histoire avait fait beaucoup de bruit. C'était en 1983, une année terrible : 265 tués dans les rangs de la camorra à Naples. A l'époque, j'étais encore étudiant. On avait examiné le cas. La mère vit toujours. Une femme puissante qui fera parler d'elle plus tard pour d'autres affaires. La lutte des clans fut terrible. L'enfant était devenu un homme. Donner la mort, tel est le prix pour mériter le passage à l'âge d'homme ! Il me paraît inutile d'aller consulter ce dossier pour savoir ce qu'est devenu ce jeune tueur. Sa voie était toute tracée avec, en prime, la bénédiction de la famille et l'admiration de ses camarades.

La nuit me pèse. J'ai froid. Je n'ai pas le courage de travailler. Stefania me manque. Je la sentais nerveuse et désemparée ces derniers jours. Elle a lâché ses études ; elle a beaucoup lu cette année, surtout Kafka. Son *Journal* puis les *Lettres à Felice* et les *Lettres à Milena* l'ont bouleversée. Elle s'est identifiée à Franz dans sa solitude, dans son désarroi et dans ses très rares moments de bonheur. Elle m'a donné à lire la *Lettre au père,* que Kafka a écrite pour tout dire à son géniteur qui n'avait ni connaissance, ni compréhension et encore moins d'amour pour ce fils visionnaire.

C'est curieux de penser à Kafka en cette nuit de lassitude. Je regarde les rayons de la bibliothèque. D'un côté il y a les livres professionnels, ouvrages de droit et de sciences sociales, de l'autre les livres littéraires. Un titre m'attire : *Les Ciels du soir.* C'est un beau titre. Il correspond à mon humeur du moment. C'est un roman de Michele Prisco. J'étais allé le voir pour parler avec lui de Torre Annunziata. Il vit aujourd'hui à Naples, mais il est né à Torre Annunziata. Après le massacre – dont je dois toujours rendre compte –, j'ai pensé qu'il pouvait m'aider à comprendre. Il m'a très gentiment reçu chez lui. C'est un homme affable et sympathique. Il vit retiré, entouré de livres et de peintures. J'aurais dû lire ses livres avant. Cet homme n'aborde pas dans ses romans les problèmes de banditisme, de clans meurtriers et de trafic. La psychologie l'intéresse plus que les faits divers. Comment expliquer que cette jolie petite ville où étaient installées la plupart des usines de pâtes de toute l'Italie soit devenue aujourd'hui un fief de la camorra où les luttes de clans ensanglantent les rues ? Pourquoi l'État s'est-il retiré, laissant le champ libre aux trafiquants de drogue, d'armes et de crimes ? D'où vient cette indignité, cette chute dans la barbarie qui fait qu'une ville de plus de 60 000 habitants est désormais contrôlée par trois clans ?

Michele Prisco qui aurait aimé parler de Svevo ou de Yourcenar, en tout cas de littérature, lève les yeux au plafond et dit : « Si Torre Annunziata est devenue ce qu'elle est, c'est parce que la qualité de l'homme n'a cessé de se dégrader. Avec la fermeture des usines de pâtes, les gens se sont mis à faire du trafic. C'est une dégradation de tout, de l'âme et du visage de la ville. Je n'y vais plus depuis longtemps. La dernière fois, c'était pour l'enterrement d'un parent... »

La dégradation... c'est l'État qui s'éclipse. Il laisse faire, abandonne la population à ceux qui la terrorisent jusqu'à en faire une complice... Les gens de San Antonio en savent long sur cette absence de l'État. Le gouvernement de Rome avait décidé de construire une usine de traitement des eaux de Sarno. Un budget de 6 000 milliards de lires ! Devant les appétits de la camorra, l'État y a renoncé. Pour contrôler les travaux, il faut être présent. Or l'État n'assure pas cette présence. Il laisse la peur s'emparer des gens. La peur est ce qui se diffuse le mieux. Elle s'introduit dans le corps et investit l'esprit.

Elle devient une seconde nature. La peur de quoi ? de qui ? De tout et de rien. La peur d'hommes qui ont assez de charisme pour devenir une légende vivante, qui peuvent s'absenter, aller se réfugier dans un château en haut d'une montagne et qui restent terriblement présents partout dans la ville. C'est cela leur force. Alors que l'État, quand il s'absente, personne ne ressent la peur que pourrait dégager son autorité. Il est absent. Cela veut dire qu'il a démissionné, laissant le champ libre à ceux qui dégradent l'âme de la cité. Qu'il soit présent ou absent, personne ne s'en rend compte.

La nuit avance et me couvre de ses ténèbres. Des animaux étranges passent devant moi. Je ne peux pas bouger. J'essaie de faire un mouvement pour chasser une énorme taupe, je n'y arrive pas. Elle est plus grande qu'un chat. J'ai une peur primitive des rats et des taupes. Je deviens pâle et fiévreux quand je les vois. Je suis figé, immobilisé. Je ferme les yeux pour ne plus voir. Des étoiles m'apparaissent dans le noir, illuminant une cave noire où des taupes dépècent un chat. Ils sont furieux. Le chat a le ventre ouvert. Les taupes s'arrachent ses tripes. J'entends les cris du chat. Ce n'est pas le même. Un autre chat est tenu prisonnier dans une cage. Je hurle. Aucun son ne sort de ma gorge. Une main invisible me pousse. Je m'approche de l'animal déchiré. Je regarde et je hurle. Le corps est celui d'un enfant, assassiné ce matin. Je vois sa mèche noire. Je crie tellement fort que je me réveille. Je me lève en sueur. Je suis malade. J'ai de la fièvre. Ce cauchemar, ces hallucinations provoquent chez moi une migraine très forte. Je titube jusqu'à la salle de bains et je vomis ce que j'ai mangé. Après, je me sens mieux. Je me lave le visage, je prends plusieurs calmants et m'étends sur le lit en pensant à Stefania.

Irai-je jusqu'au bout de ce travail ? Pour cela, il faut un cœur plus solide, un cœur de bronze. Je suis trop sensible, trop émotif pour continuer ce métier. Et pourtant je n'ai pas le choix. Stefania serait heureuse si je la rejoignais à Turin. Mais que ferais-je là-bas ? Quand j'aurai tous mes diplômes, j'irai chercher du travail ailleurs. Pour le moment, j'ai besoin de ces rapports de criminologie pour terminer ma thèse de doctorat.

Je m'endors de fatigue. Je ne crois pas avoir rêvé. Le matin, je suis réveillé par le facteur qui m'apporte une lettre expresse. Il n'y a pas de nom d'expéditeur. Je l'ouvre, déchirant l'enveloppe et un morceau de lettre :

> Même s'ils sont exquis, il ne faut pas les regarder de trop près. Les cadavres, bien sûr !

Ce n'est pas la première lettre d'intimidation que je reçois. Je la classe dans un dossier pour comparer l'écriture ou le vocabulaire. Au début, elles m'impressionnaient. Mais à force d'en recevoir, j'ai pris l'habitude de les négliger. Je me souviens d'une lettre, juste après mes fiançailles. C'était un faire-part de deuil avec au milieu, en lettres majuscules, FÉLICITATIONS. Pas de signature. Une autre fois, j'ai reçu un appel téléphonique où une voix me dit : « J'ai besoin de votre date de naissance, je suis en train de remplir votre fiche... » J'ai ri, puis j'ai donné les renseignements demandés. J'ai su, après, que le chef de Castellamare est un homme cultivé qui a des diplômes universitaires en économie. Depuis qu'il est en guerre avec son ami d'enfance dont il était le bras droit, le confident, l'homme de confiance et le trésorier, il s'est réfugié quelque part mais continue de diriger son clan en maître incontesté.

C'est une histoire presque romanesque. On pourrait la conter aux enfants de l'an 2000 en disant : « Il était une fois deux amis d'enfance inséparables. Ils étaient nés la même année dans la même rue. Ils ont été à l'école ensemble, jouaient ensemble, mangeaient ensemble et s'étaient juré fidélité à la vie à la mort. Ils partageaient tout, les jouets, l'argent et plus tard, les filles. Une telle amitié était célèbre dans le pays. Les deux familles étaient obligées de devenir amies. A dix-huit ans, ils eurent leur première brouille. Mario, le plus jeune, décida de poursuivre ses études à l'université et Alessandro préféra travailler avec son oncle qui régnait sur le trafic des cigarettes. Alessandro prit très vite des galons et devint l'adjoint de son oncle. A la mort — naturelle — de celui-ci, Alessandro engagea dans son affaire Mario qui venait de terminer un premier cycle d'études en économie. Mario ouvrit un cabinet d'expert-comptable et dirigea les affaires — très prospères — du clan. De la contrebande de cigarettes, ils sont passés au trafic d'armes et de drogue. Au cours d'un règlement de comptes avec une bande d'amateurs, Alessandro abattit quatre hommes. Il fut arrêté pour homicide. Mais, de prison, il continuait à diriger le clan. Mario assurait l'intérim. Les affaires marchaient de mieux en mieux. A sa sortie — il avait obtenu la liberté provisoire —, Alessandro s'est rendu compte que son ami n'avait pas été honnête. Il manquait un milliard de lires dans la caisse. Leur amitié venait d'être ruinée pour un milliard de lires. C'est une somme importante mais si on la préfère à l'amitié, c'est qu'on n'est pas digne de cette fraternité. La haine qui allait s'installer entre les deux hommes et aussi entre leur clan respectif sera aussi forte, aussi puissante que leur amitié. Mario disparut. Alessandro s'imaginait que cette disparition cachait un plan, faisait partie d'une stratégie de prise de pouvoir.

» Tous les quatre jours, Alessandro devait passer au bureau de police pour signer un registre. Il arrivait non armé, en moto, entouré de plusieurs gardes du corps. Les hommes de main de Mario attaquèrent le convoi en pleine ville. Quatre morts dont le frère d'Alessandro, lequel fut blessé ainsi qu'un passant.

» La guerre ne se faisait plus avec des mots mais avec des armes. Depuis ce 21 avril 1989, une guerre sans merci oppose les deux anciens amis. Dix-neuf morts en huit mois. *Il Mattino* du 18 novembre 1989 titrait : “ Dix morts pour deux boss. ” Alessandro est retourné en prison pour association de malfaiteurs (article 416 bis). Mario, présent mais invisible, continue de faire marcher les affaires.

» Aussi bien l'un que l'autre jouissent d'une popularité inquiétante. On dit que lorsque Alessandro était à l'hôpital, des femmes venaient toucher le lit où il était. On dit aussi que son premier crime, il l'aurait commis à douze ans. On raconte qu'un jour son père, ouvrier au chantier naval, s'est disputé avec un petit agent de la camorra. L'enfant, ne supportant pas qu'on humilie son père, s'empara du pistolet d'un vigile et tira plusieurs balles sur l'agent. Le père s'accusa du meurtre et invoqua la légitime défense, mais toute la ville savait que le héros de cette histoire était le petit Alessandro. Le soir, il fêta cette première audace avec son ami Mario. Ils burent du vin et taquinèrent des filles qui faisaient le trottoir. A partir de ce jour-là, Alessandro prit sur Mario une sorte d'ascendant, une assurance qui ressemblait à de la supériorité. Mario n'allait tout de même pas tuer le premier venu pour se mettre à égalité avec son ami. Il lui aurait même dit qu' " il n'y avait pas de quoi être fier et qu'il fallait cesser de se pavaner avec un meurtre à la boutonnière " !

» Au fond, les trahisons d'amitié sont les plus douloureuses, les plus insupportables. A la base, il doit y avoir une blessure d'amour-propre. Ce genre de blessure ne se cicatrise jamais. Même la mort n'arrive pas à la faire disparaître. Les trahisons d'amour sont plus tolérables, pas celles de l'amitié. Entre Mario et Alessandro, il ne doit pas y avoir qu'un contentieux d'un milliard, mais bien autre chose de plus profond, de plus lointain et certainement de plus intime. »

Est-ce une histoire pour les enfants ? Elle n'est pas assez violente ! Entre la télé et la rue, ils sont édifiés. Aujourd'hui, j'ai décidé de ne pas travailler. Je vais mettre un peu d'ordre dans la maison. Stefania n'aime pas le désordre. Je commence par mon bureau. Je range les papiers. J'ai oublié de régler la note du téléphone. Je cherche mon chéquier, il doit être sous cette masse de feuilles. Une photo en couleur dépasse d'un dossier. Je la sors. C'est Giancarlo Siani. Il est souriant. Il est beau. Assassiné le 23 septembre 1985 à Naples, piazza Leonardo, là où il habitait. On ne saura jamais qui l'a tué ni pourquoi. Un journaliste est assassiné en plein jour, en plein centre de Naples, et on n'a pas le moindre indice pour retrouver ses tueurs, ou du moins leurs commanditaires. Qui gênait-il par ses articles ? Qui avait intérêt à le voir disparaître ? Difficile de répondre. Peut-être a-t-il été tué pour l'exemple, pour dire qu'on peut se débarrasser d'un journaliste quand on veut, sans s'embarrasser de scrupules ou de justification ? Acte gratuit, acte de terreur. On ne saura peut-être jamais. Comme on ne saura jamais pourquoi Eduardo, un jeune homme tranquille et sans histoire, né et travaillant à Afragola, a été retrouvé découpé en morceaux sur la voie du chemin de fer.

Il est des crimes qui restent inexpliqués, voués au mystère. Et puis il y a la peur, le risque de se trouver sur le chemin d'une balle perdue. Une mort accidentelle. Une mort gratuite. Giancarlo Siani n'avait même pas peur. Il était plein de vie. Il aimait rire et faire rire ses amis. Il faisait son métier avec passion. Il était très amoureux de sa fiancée. On dit qu'un petit agent de la camorra tournait autour d'elle. On a pensé à un crime passionnel, une histoire de jalousie ou de rivalité. Mais la camorra ne tue pas pour des histoires d'amour.

Cela fait cinq ans que Giancarlo est mort. Aucune nouvelle des tueurs. Je remets la photo dans le dossier et continue à ranger le bureau. Je regarde la lettre de Stefania. Je l'appelle chez ses parents. Personne ne répond. Il faudra lui écrire. Pour le moment, j'ai besoin de mettre de l'ordre et de cerner la peur. C'est elle qui a fait fuir Stefania. Depuis qu'elle s'est emparée de moi, elle s'est infiltrée dans la maison, je ne contrôle plus mes actes.

Stefania mon amour,

Ton départ m'a laissé dans un tel désarroi que je n'arrive à rien faire. J'essaie depuis ce matin de ranger la maison. En vain. J'ai plusieurs rapports à rédiger et à chaque fois je repousse ce travail au lendemain. J'essaie de m'arrimer aux habitudes. Comme tu l'as si souvent constaté, je suis maniaque. Telle est ma fragilité. Avec mes manies, je cultive l'illusion d'être protégé et préservé. C'est un voile, une mince couche de poussière recouvrant une âme tourmentée.

Ma vie, devenue « fragile comme une ombre », n'a de sens qu'avec toi. Obsédé par la peur d'un malheur qui se reconnaîtrait en moi, qui trouverait asile dans ma vie, dans mes espérances, je dois lutter seul, me libérer, me délivrer de ces images hallucinées qui m'envahissent pour enfin te retrouver et repartir vers des terres plus sereines.

Tu me manques ; dans peu de temps, nous nous retrouverons loin des marécages et de la peur. Je ne voudrais pas devenir le « passeur de silence », celui qui accumule les constats puis s'adonne à l'amnésie. C'est peut-être une façon de vivre et même de sauver sa peau. Du silence, on passe sans se rendre compte à l'absence. C'est cela la peur. Je voudrais la vaincre pour être dans ton amour, entièrement, serein et apaisé. Voilà, mon amour, à tout à l'heure avec passion.

Je sors prendre un café. Je marche sur les feuilles d'automne. On les appelle les feuilles d'or. Leur couleur varie avec la lumière. En face de moi, où que j'aille, la montagne Monte Coppola, grise, domine. On dirait un observatoire, un bureau de surveillance. Je baisse les yeux et marche en donnant des petits coups de pied dans les feuilles. Cela m'amuse de voir ces feuilles mortes s'éparpiller sous mes pas. Je pense que je suis en train de me défouler comme un adolescent qui n'arrive pas à avoir ce qu'il veut. Avant, j'étais sportif. Avec Stefania, nous partions courir dans le bois, tous les dimanches matin, jusqu'au jour où nous avons été horrifiés par la découverte d'un cadavre décapité et attaché à un arbre. Cette vision, par un matin de printemps, nous a traumatisés. Depuis, on a cessé de courir dans le bois.

Au café, je lis le journal. Pas de crime. Quelques petits faits divers : « Une jeune fille meurt en avortant », « La police arrête sept Nigérians en train de vendre de la drogue à Castel Volturno », « Maradona s'est fait voler les bijoux de sa femme », etc. Une journée calme dans la région nord de Naples. C'est rare. Je vais l'écrire à Stefania. En rentrant, je trouve deux lettres, une de Stefania, l'autre d'une personne inconnue. Je m'installe confortablement pour lire d'abord celle de ma fiancée :

> Mon amour,
> Je t'écris de la campagne, chez ma grand-mère. Elle s'occupe de moi comme si j'étais malade ou encore petite fille. Pour elle, je suis toujours ce bébé joufflu qui la faisait rire. L'automne ici a des couleurs superbes entre le jaune et le rouge. Je lis, plutôt je relis, mon livre fétiche *Pedro Paramo* de Juan Rulfo. Tu te souviens, c'est cet auteur mexicain qui a tout dit dans un petit livre de cent cinquante pages sur son pays, sa folie et ses extravagances. Je le lis en espagnol avec à mes côtés

un dictionnaire. Ça m'éloigne un peu du Sud de l'Italie, quoique...
Je voulais te dire... Je ne vois pas comment te raconter... Enfin, si je suis partie c'est aussi à cause du nom que je porte. Comme tu sais, mon nom ressemble, à un *s* près, à celui d'un grand patron de la camorra. Toi-même, tu me l'avais fait remarquer en plaisantant. A l'époque, j'étais loin de soupçonner tout ce que cette homonymie allait me causer comme tracas et désagréments. Je dois, à chaque fois, préciser que je ne suis pas la fille de Don Ricardo et que ma famille n'a strictement rien à voir avec la sienne. Sais-tu que c'est la raison principale pour laquelle le stage chez le notaire de Naples m'a été refusé ? J'eus beau lui jurer ma bonne foi, il était formel : « Pas de cette famille chez moi. » Sais-tu aussi que le jour où je suis allée retirer un document au tribunal, un greffier à qui je précisais que je n'étais pas de la famille de Don Ricardo m'a lancé un regard funeste en me disant : « Et alors, tu en as honte ? Dis-toi que c'est un honneur, et si Don Ricardo l'apprenait, il ne serait pas content ! »
Je porte un nom rejeté par les uns, honoré par d'autres. Même avec un *s* en moins, je reste celle qui a honte de porter un nom souillé par le sang. Ici, au Nord, les gens ne font pas attention à ce genre d'homonymie. Mais dans ce village voué au malheur, on fait attention à tout. J'ai eu d'autres problèmes à cause de ce nom ; je ne voulais pas ajouter mes inquiétudes aux tiennes. Ici, je t'attends avec tout mon amour. J'apprends l'espagnol

et la patience ; j'apprends à t'aimer avec tout ce que je suis. Viens. Je suis là. Prends garde à toi.
Je t'embrasse doucement.

Stefania.

P.-S. : Mon père est un peu fatigué en ce moment. Depuis qu'on l'a obligé à prendre sa retraite, il ne cesse de décliner. Il voudrait nous voir mariés au plus tôt. J'ai hâte de porter ton nom !

A toi.

J'ouvre l'autre lettre, curieux et inquiet. Elle vient de Torre Annunziata. L'écriture est appliquée :

Monsieur,
Excusez-moi de vous importuner. Mais j'ai su par un ami qui a eu connaissance de votre travail que vous êtes un homme de droit et de justice. Je m'adresse à vous dans l'espoir que vous m'aidiez à obtenir au moins une réparation morale. Je sais que vous vous êtes occupé de l'affaire du bus dite « Le cheval de Troie ». Je suis la femme de la seule personne qui n'avait rien à faire avec cette tuerie. Je suis l'épouse de Ricardo Gianini, le passant qui reçut une balle dans la tête lors du massacre devant l'église de Torre Annunziata. Mon mari passait par hasard par là quand le car de faux touristes s'arrêta. Il a dû s'apercevoir que les passagers du car n'étaient pas des touristes mais des tueurs armés. Il a dû courir et il fut le premier abattu. Les sept autres victimes appartenaient toutes au clan de Johnny. La justice a reconnu tout cela mais, jusqu'à

présent, rien n'est venu disculper mon mari. Nombre de gens pensent qu'il était mêlé aux affaires de Johnny. Je n'arrive pas à obtenir une lettre du tribunal qui rétablirait la vérité. On me promet une réparation morale et même financière. Cela dure depuis deux ans. Je suis désespérée. Notre enfant, l'autre jour, a été traité de « fils de bandit ». Le préjudice est immense. Il devient difficile dans ce pays de prouver son innocence. On passe son temps à acquitter des assassins et on s'acharne sur les victimes innocentes. C'est peut-être cela la perversité de notre justice.
Pourriez-vous m'aider, me dire à qui m'adresser, quel chemin suivre ? Je sais que vous avez des amis dans la presse. Trouveraient-ils un intérêt à rappeler cette histoire déjà ancienne mais dont l'injustice reste pour moi et ma famille toujours actuelle ?
Je sais votre probité et votre sens de la justice. Que Dieu vous aide et vous protège...

Je revois ce dimanche ensoleillé où Johnny fêtait avec son clan la communion de son petit-fils. L'église était pleine. Le restaurant était réservé pour la fête. Le club des chasseurs offrait du vin aux passants. C'était une journée calme. A l'entrée de l'église, le comptable payait les ouvriers de Johnny. Rien ne laissait prévoir ce qui allait arriver. On a vu avancer un vieux car de tourisme, suivi par deux voitures qui s'arrêtèrent tout d'un coup et bouchèrent le passage ; le car continua de rouler. Il dépassa l'église et s'arrêta face au club des chasseurs. Les portières s'ouvrirent en même temps et on vit quatre hommes armés descendre et tirer en direction de Johnny et de sa famille. Cette visite touristique coûta la vie à huit hommes dont le malheureux Gianini, passant par hasard. Les hommes de Johnny étaient désarmés puisqu'ils allaient assister à la communion du petit-fils du patron.

Ce fut un massacre presque ordinaire. J'avais fait un rapport et je n'avais pas signalé que R. Gianini n'était pour rien dans cette affaire. Ce n'est que plus tard, lorsque le clan de Johnny fit savoir qu'il allait venger ses sept hommes, qu'un journaliste s'est posé la question : qui était la huitième victime ? Il fit une enquête qu'il publia, mais cela n'eut aucun effet sur la justice. Il m'arrive de penser qu'il faudra un jour instituer la « tombe du passant inconnu ». Les tueurs se tuent entre eux. Mais ils ne sont pas assez délicats pour ne plus tirer dans le tas et éviter ainsi que des innocents ne soient entraînés dans leurs règlements de comptes.

C'est à l'État de garantir la sécurité des citoyens. S'il voit d'un bon œil les éliminations successives d'un clan par un autre, que ne peut-il intervenir pour sauver les innocents ou au moins faire bénéficier leurs familles de dédommagement. Face à la criminalité organisée et contre laquelle il étale toute son impuissance, il pourrait au moins présenter aux familles touchées ses excuses et ses condoléances.

Comment ne pas perdre le courage et l'espoir ? Comment continuer à accumuler les rapports qui servent peut-être les statistiques mais pas les hommes de ce pays qui vivent dans la peur ? Ma solitude s'amplifie. Je ne vais tout de même pas me mettre à boire comme mon ami Ulderico qui n'a plus envie ni de se battre ni de vivre. Il passe ses journées cloîtré dans un bureau du ministère de la Justice. Il fait les mots croisés de toute la presse italienne et compte le nombre de fois où les mots « camorra » et « mafia » sont imprimés dans les journaux. Avec ce calcul, il s'est rendu compte que le nombre de tués et de blessés dépasse de loin celui de ces deux mots. Il tient en outre une comptabilité macabre : le nombre de tués sur la route. Cela doit le rassurer de savoir que la route fait concurrence au crime organisé.

Je réponds à la lettre de Mme Gianini, et envoie un double à mon chef ; j'apprends à taire mes sentiments dans l'exercice de mon métier. C'est parce qu'en ce moment ma vie est malmenée qu'il m'arrive de mêler le travail à mes émotions. Je dois veiller dorénavant à établir une distinction nette entre les deux. Je me dis tout le temps : « L'objectivité est au prix d'un cœur qui se bronze. » Je dois choisir entre ma vie affective et mon travail. Il faut que je puisse acquérir cette indifférence majeure qu'ont les psychiatres et les médecins face à la douleur des autres. Dans mon cas, il ne s'agit pas seulement de douleur, mais aussi d'injustice flagrante qu'on peut éviter. Suis-je assez solide pour réformer toute une société ? Il m'arrive de repenser à la réflexion d'un journaliste américain qui avait enquêté pendant des mois sur la criminalité à Naples, en Sicile et en Calabre. Il m'avait envoyé une note que je garde soigneusement et que je relis de temps en temps :

> Il est une fatalité cruelle, celle que j'ai remarquée chez la plupart des gens qui me disaient : « Il n'y a rien à faire ! » Il n'y aurait rien à faire si on considérait que les origines et les causes du mal étaient inconnues ou intouchables. Mais au lieu de s'atta-

quer aux apparences, ne faut-il pas imaginer un scénario à la mesure de la catastrophe et le confier non pas aux hommes politiques mais aux militaires dont le métier est de garantir l'intégrité physique et morale du pays ?...

Pauvre Michaël ! A la violence faut-il répondre par une violence encore plus forte ? Je suis plutôt de l'avis de cet instituteur anonyme qui est passé un jour à la télévision et a dit ceci : « Je crois que l'unique façon de lutter contre ce mal si enraciné est de propager dès l'école l'amour de la culture, la passion de la poésie, de la beauté et de la vérité... Chaque visage est un miracle. Il faut apprendre à respecter l'être qui le porte... »

Je fais ma valise et m'en vais rejoindre la femme que j'aime. A nous deux, nous essaierons de convaincre les enfants qu'ils sont un don de l'amour, un don irremplaçable et intouchable ! Je m'éloigne de ce village quelques mois, le temps de rédiger ma thèse et de la présenter. Je vais demander un congé sans solde et me consacrer à l'étude de ce terrain meurtri par ceux qui y sont nés et qui ne savent l'aimer que dans le sang et la mort.

Si j'arrive au bout de ce travail, je sais que je le devrai à Stefania pour sa patience malgré tout et son amour et aussi à mon ami Giancarlo Siani, abattu parce qu'il devait tenir un bout de la vérité, celle que personne n'ose aborder.

IV

Le vol de l'ange

A Giuliano, dans la maison d'un pendu, on est capable de suspendre une corde à la mémoire du disparu. C'est une manière de se souvenir dans une ville à l'âme froissée, au visage blême et à la mémoire tachée de sang. Ainsi, chez la famille d'Antonella, tout rappelle les circonstances de sa mort tragique en mars 1983 : à côté du dernier portrait de cette fille de huit ans, une photo de la petite Sandra, en ange volant au-dessus de la place, des coupures de journaux avec ces titres : « Antonella tuée par l'ange de la paix », « Vol de l'ange tragique à Giuliano », « Un ange exterminateur au-dessus de Giuliano »... Tout le monde se souvient de ce dimanche, dernier jour de fête, où une foule épaisse et lourde a écrasé le corps frêle de la petite Antonella. Les six bœufs blancs attelés au chariot de la Vierge furent pris de panique à cause de quelques pétards lancés par des adolescents au moment où Sandra entamait son dernier vol, chantant pour la Vierge Marie. Les bêtes étaient fatiguées, irritées par cette foule imposante ; elles avaient été amenées pour l'occasion d'une ferme lointaine et n'avaient pas mangé depuis le matin. Voilà pourquoi certains accusent, aujourd'hui encore, les bœufs d'être à l'origine de cette mort. D'autres disent que Sandra volait comme un pied, et la foule était mécontente. Les pétards étaient jetés pour exprimer un reproche.

Sandra avait la jambe gauche repliée et ficelée. Comme la plupart des anges, elle ne devait se servir que d'une jambe. Cela la gênait physiquement et rendait ses mouvements plus lents et moins gracieux. Le spectacle n'était pas au point. La poulie qui faisait tourner la roue à laquelle était suspendue Sandra grinçait et faisait parfois des ratés. Comme au cirque, le public retenait son souffle, les prêtres et la famille priaient, mais on n'était pas au cirque et il n'y avait pas de filet sous l'ange.

Il fallait un coupable. Padre Paolo était tout indiqué. Il s'était opposé à la candidature d'Antonella pour le vol de l'ange de cette année. Il avait une préférence pour Sandra et n'arrivait pas à justifier son refus. Si Antonella avait été suspendue au-dessus de la place, elle n'aurait pas provoqué la colère des bœufs. Elle ne serait pas morte. Mais les anges ont choisi son corps pour le transport de l'âme de la Vierge Marie en ce jour de prière et de fête.

Que reprochait Padre Paolo à Antonella ? Les parents sont de bons catholiques, fidèles à la messe, croyants et pratiquant par tous les temps. La famille de Sandra n'est pas plus catholique. Il y a eu favoritisme, il y a eu injustice, il y a eu malheur et drame.

Qu'en pense Don Roberto, la conscience de Giuliano, le doyen de la ville, l'homme qui ne s'occupe pas de politique mais que les politiciens de la région consultent ; l'homme de la sérénité, de l'énigme et du silence ? Don Roberto n'est plus avocat, mais, pour l'occasion, il a reçu la famille plaignante et l'a écoutée comme un juge juste et humain. Difficile de justifier une mort si brutale. Et pourtant, Don Roberto a trouvé les mots pour calmer les esprits :

« Cet accident est une parole du ciel. Quand le ciel veut nous parler, il le fait à travers l'innocence et la beauté des enfants. Giuliano est une ville qui se meurt. Les jeunes gens n'ont pas de travail, n'ont pas d'avenir. L'Église fait ce qu'elle peut. Mais que peut-on contre l'abandon ? Nous sommes lâchés par l'État, oubliés du gouvernement, mis dans une salle d'attente, jetés dans la rue, comme si nous étions indignes d'une vie prospère et belle. Alors, une fois par an, Giuliano s'adresse au ciel. Une enfant plane au-dessus de nos têtes, puis descend sur terre, prend place dans le chariot à côté de la Vierge et fait le tour de la ville. Cela nous occupe et nous fait oublier notre misère. Antonella est la première victime de notre lattitude. Elle paie nos fautes, nos péchés. C'est elle l'ange. La petite Sandra a été l'ange d'un jour. Antonella est l'ange de l'éternité... »

En partant, Don Roberto prit à part le père de la victime et lui murmura quelques mots à l'oreille. La mère avait les yeux secs. Ces paroles ne l'ont pas consolée. A la maison, elle éclata en sanglots et dit ce qu'elle avait sur le cœur : « Ma fille a payé ; je le sais à présent. Je ne vais plus me taire. Une parole du ciel ! Et quoi encore ? Pourquoi pas invoquer le vaudou, la magie noire, la danse africaine, la sorcellerie indienne ? Notre fille nous a été retirée parce que nous sommes indignes de son innocence et de sa grâce. Depuis que tu fréquentes cette bande de vauriens, depuis que tu reçois à l'oreille des messages chuchotés de Don Roberto, tu as ouvert le chemin du malheur, tu as ouvert la porte de la malédiction. Que fais-tu ? Quel travail fais-tu ? D'où vient l'argent ? J'en ai assez de me taire, de ne pas poser de questions. Tous ces morts l'an passé ! Tu crois que je n'ai pas fait le lien entre ton voyage d'une semaine à Naples et les assassinats de toute une famille à Afragola ? Mon Dieu ! quelle misère ! Quelle déchéance ! Donner la mort est devenu si facile, si simple, que plus personne ne s'étonne des disparitions. Qu'ai-je fait au bon Dieu pour être tombée dans ce gouffre ? Que vais-je devenir ? »

Le mari ne dit mot. Il écoutait en fixant le portrait d'Antonella souriante. Il se leva et quitta la maison. Par la fenêtre, sa femme le vit rejoindre trois hommes qui se dirent quelque chose à l'oreille puis s'engouffrèrent dans une vieille auto et disparurent. Deux jours plus tard, le mari revint, les bras chargés de paquets. Il annonça à sa femme que l'Église acceptait, après consultation de Rome, qu'exceptionnellement, l'année prochaine, le vol de l'ange soit fait par Marcello, le petit frère d'Antonella. Jamais un garçon n'a effectué le vol de l'ange. Marcello sera habillé en fille et on fera croire que c'est Antonella qui est revenue saluer la population paisible de Giuliano.

Tout de noir vêtue, la mère d'Antonella descendit avec Marcello, un ange de sept ans, acheta les journaux et lut à voix haute les faits divers : « Un journaliste de Giuliano trouvé assassiné dans sa voiture la veille de son mariage. » Elle montra la photo de la victime et de sa fiancée à Marcello qui demanda :

— Qui a tué cet homme ?

— Non, mon ange ! Il n'a pas été tué, il est mort bêtement dans un accident de voiture. A Naples, les gens conduisent comme des fous. Il faut faire attention quand tu traverses.

Tout est rentré dans l'ordre. Antonella allait accéder à la sainteté. Marcello fera l'ange. Et le père continuera son travail, accomplissant les missions qu'on lui confiera en lui murmurant à l'oreille.

V

Nuit africaine

Une lumière voilée est descendue sur Villa Literno. Elle couvre une étendue brune. La terre a cette couleur indéfinissable où la rouille de quelques clous oubliés laisse une trace légère sur les pierres. Seuls les arbres, peupliers chétifs, se tiennent debout, à l'écart de ces maisons basses et de ces places où de vieilles personnes sont assises, attendant plutôt quelque chose que quelqu'un. Elles attendent depuis des siècles que le ciel descende jusqu'à toucher la terre, pour la bénir et la rendre meilleure. Le ciel s'est souvent penché sur Villa Literno, il s'est même déchiré un soir, en un éclair fulgurant, et a lâché sur les toits des oiseaux étranges au plumage moitié blanc moitié noir. Les oiseaux se sont gavés de tomates, puis sont morts sans avoir chanté. On les a ramassés et jetés à la sortie de la ville ; quelqu'un qui passait par là y a mis le feu. Depuis ce jour, Villa Literno a peur du ciel, de la terre et des ombres. Ce premier message, non entendu, non compris, a été suivi par d'autres, plus explicites : la terre a tremblé, des maisons se sont effondrées, des gens ont disparu, puis la terre s'est refermée sur quelques corps qui n'ont pas eu le temps de danser. Les oiseaux et les corps mêlés dans une fosse commune ont fait pousser une herbe qu'on appelle l'*ennui* parce qu'elle est amère et triste. Un petit contrôleur des impôts, retraité, a essayé de faire un plat relevé avec l'*ennui* mélangé à de l'huile de foie de morue. Ce plat expérimenté sur les rares chats de Villa Literno a provoqué un exode massif de tous ceux qui l'ont goûté. Ils ont erré dans les environs jusqu'à l'élimination de ce qu'ils avaient mangé. Le cuisinier qui invente des plats immangeables s'appelle Antonio. Il est à l'âge de la retraite, mais en fait il a été renvoyé par l'administration pour incompétence et peut-être pour corruption. Comme on n'a jamais rien pu prouver, on l'a remercié, lui donnant une indemnité raisonnable. Des interventions d'« amis » anonymes et influents ont permis à Antonio d'accéder à la préretraite. Il souffre de deux maux apparemment incurables : l'ennui et l'insomnie. Il passe ses journées au café où il compte le nombre de tasses servies entre onze heures et midi, le nombre de mégots de cigarettes jetés par terre. Il note tous ces chiffres dans un petit carnet administratif, les additionne puis encadre le chiffre du jour. Il lui arrive souvent de somnoler sur sa chaise. Personne ne le dérange ; tout le monde est au courant de ses insomnies ; il en parle souvent ; il a une façon originale de les justifier : « Si je ne dors pas, c'est parce qu'elle m'a dit qu'elle reviendrait la nuit et que je devais garder les yeux bien ouverts. » Il s'agit d'Antonietta, une vamp qui s'est offerte à lui un soir et qui a disparu après l'avoir dépouillé d'une partie de ses économies. En fait, cette femme lui avait été adressée par un de ses « amis », trafiquant notoire à Naples, à qui il avait rendu quelques menus services. Personne ne lui demande quel genre de services il lui rendait. On sait ou on devine. On n'insiste pas. On ne nomme pas les choses. On n'en parle pas. Ici, dans ce lieu désolé, on ne parle même pas. On regarde, puis on ne dit rien. On observe l'entrée de la ville et on repère les étrangers, en voiture ou à pied. Antonio sait regarder sans se faire remarquer. Les gens de la ville se parlent avec les yeux, surtout en présence d'un étranger. L'étranger, ici, peut être le fermier du village voisin. Même Antonio, né dans la rue principale de Villa Literno, a été considéré comme un étranger pendant quelque temps. Le fait d'être parti travailler ailleurs l'a rendu moins liternois que ceux qui sont restés à s'occuper de la tomate. Mais Antonio est un aventurier. Il raconte beaucoup d'histoires en disant à son auditoire : « Si vous ne les croyez pas, ce n'est pas grave ; moi, je les crois puisque je les ai vécues. Il y a des choses qui ne s'inventent pas, les cicatrices par exemple. Celle-ci, le long du bras gauche, c'est l'œuvre d'une belle femme rencontrée au port d'Athènes. Je l'ai aimée et lui ai demandé de me marquer avec ce canif. Cette autre cicatrice est une brûlure faite à la cuisine d'un restaurant à Naples. J'avais été pris en otage par deux jeunes gens qui venaient prendre leur pourcentage. Ils ne parlaient pas. Leur seule présence signifiait qu'il fallait leur remettre l'enveloppe. Le patron n'était pas là. Le garçon était un nouveau ; il n'était pas au courant. Comme je le regardais avec un petit sourire en coin, avec cette ironie du type qui a compris mais qui ne peut rien faire, ils crurent que j'étais le nouvel associé du propriétaire. Quand ils se rendirent compte de leur méprise, c'était trop tard. Le vrai patron arriva et tout rentra dans l'ordre. Moi, j'avais très mal. Les deux jeunes gens m'emmenèrent au service des urgences. Depuis ce jour, nous sommes amis. Ils m'appellent Zio Tony. De braves gens, un peu turbulents, un peu nerveux, mais bien braves. » Depuis que la terre a tremblé, Antonio n'aime pas le crépuscule. Ces couleurs changeantes du ciel, cette lumière sombre lui serrent le cœur. Chaque fin de journée, il passe un mauvais quart d'heure. La peur lui fait apparaître des ombres noires qui se faufilent entre les arbres pour pénétrer dans la ville. Comme tous les habitants, il avait entendu parler de travailleurs africains, des saisonniers, venus faire la récolte des tomates. Mais il ne les avait pas vus. Un soir, après avoir passé le mauvais moment du crépuscule, il s'est assoupi sur sa chaise. Ses compagnons étaient tous rentrés chez eux regarder le match Napoli-Inter. Lui s'était laissé aller à une agréable somnolence, les mains jointes sur sa canne. On n'a pas voulu le déranger, pensant qu'il était plongé dans une de ces belles rêveries peuplées de jeunes filles aux seins lourds et à la chevelure longue et épaisse. On l'a laissé avec ses rêves. La nuit venue, il n'y avait plus personne sur la place principale. Paolo avait fermé son bar ; Gino avait fait entrer ses cageots de fruits et de légumes, Ciara avait fermé son salon de coiffure. Pas un chat dans les rues. Pas un chien non plus. Villa Literno préparait sa nuit, sans surprise, sans empressement. Une nuit banale, aussi vide, aussi longue que les milliers d'autres nuits qui ont couvert les maisons de Villa Literno, une nuit d'été précoce où le ciel s'éloignait doucement de ce paysage trop sage, une nuit qui allait commencer comme les autres et finir sur un spectacle inouï.

Des motos traversent la place en faisant un bruit assourdissant. Elles passent et repassent puis disparaissent dans une des ruelles. Ces jeunes gens travaillent à Naples. Ils rentrent pour le dîner. Le bruit arrache Antonio à sa somnolence. Il lève la tête, voit une lumière rouge filer à toute vitesse, se frotte les yeux, regarde autour de lui et se rend compte qu'il est seul. Les lumières des enseignes sont éteintes. Les boutiques sont fermées. Les trottoirs sont vides. Seule la lumière rouge du feu arrière des motos laissa une trace en l'air. Antonio voulut se lever mais eut du mal à bouger. Il se sentit comme cloué sur sa chaise. Des fourmillements longèrent son pied droit puis sa jambe qui se raidit. Il tâta son genou puis réussit à mettre la jambe droite sur la gauche. Il se sentit bien, ou plutôt il sentit son corps entrer dans un état étrange mais apaisant. Il avait le même plaisir de la somnolence mais avec les yeux ouverts. Il se dit qu'il était le seul sur les 9 522 habitants de Villa Literno à être dehors en cette nuit d'été. Cette impression le rendit heureux. Il se souvint de l'époque où il était marin ; il se mettait sur le pont pour observer les reflets de la pleine lune sur la mer. Il soignait ainsi ses insomnies. Là aussi, c'était une nuit de pleine lune. Il y avait peu de reflets sur le sol craquelé, cabossé, plein de trous, des rues de Villa Literno. Il regardait ces fissures et se demandait pourquoi la municipalité ne les avait jamais réparées. « Mais, se disait-il encore, il y a aussi celles de l'âme… Qui s'en soucie ? Il n'y a ni hôpital ni infirmerie… Quatre ou cinq médecins qui ont tout oublié… Ils sont braves, bien braves d'avoir accepté de venir s'installer dans ce trou où il n'y a pas d'eau. Du temps de mon enfance, nous ne manquions pas d'eau. Aujourd'hui, l'eau est rare. Avant il y avait les puits. Ils sont toujours là, mais l'eau est imbuvable ; elle a été contaminée par je ne sais quel poison. Alors, pour se laver, il faut être un acrobate. Moi, j'ai l'habitude ; sur le bateau, l'eau a toujours été précieuse. Disons que les Liternois se lavent moins souvent que les Milanais. »

Antonio passe la main sur son visage, se frotte les yeux, s'appuie sur sa canne pour se lever puis retombe sur son siège. Impossible de quitter cette chaise et de traverser la piazza Retonda pour aller chez lui. Mais personne ne l'attend. Il vit seul depuis longtemps. Ce soir, il y a la retransmission du match. Il va la rater. Il va être le seul à ne pas la regarder. Si Villa Literno ressemble à un cimetière, c'est à cause de Maradona. Il aime bien cet artiste mais regrette qu'il fasse trop de bruit autour de sa vie privée et de sa carrière. En tout cas, il ne le verra pas. Maradona se moque pas mal de ne pas être admiré par un retraité des impôts, incapable de quitter son siège. Il fait une autre tentative, manque de tomber, puis se résout à ne plus bouger. Une main invisible, une force magique, une volonté intérieure le tiennent cloué sur l'unique chaise restée dehors. Il commence à avoir faim. De sa poche, il sort quelques cacahuètes qu'il mange une par une. Ce sera son dîner. Sur la table, un reste de bière tiède. Il l'avale et attend. Il ne montre aucune impatience. Il a de plus en plus l'intuition que quelque chose va se passer. A l'idée d'être l'unique témoin d'un événement exceptionnel, il sent monter en lui une petite fièvre. Les choses extraordinaires arrivent souvent du ciel, rarement de la terre. Il scrute le ciel. Tant d'étoiles l'éblouissent. Il a l'impression, cette nuit, qu'elles sont plus nombreuses et plus brillantes que les autres nuits. Il en surprend une, filant à toute allure. Il a le temps de faire un vœu. C'est toujours le même : avoir cent ans à Tanger. Pourquoi Tanger ? Parce qu'il pense que c'est une légende, pas tout à fait une ville. Il en a souvent entendu parler. Il l'imagine comme une superbe mariée, toute de lumière, de perles, de diamants et de magie. Il se dit que Tanger doit ressembler à Naples, moins grande, moins sale, moins folle mais avec autant de mystère. Avoir cent ans à Naples, ce serait pas mal, mais les avoir à Tanger, ce serait quand même plus beau. On verra cela dans une trentaine d'années. Pour le moment, il redit lentement son vœu et observe le ciel. Tout est calme. Il regarde à droite, puis à gauche. Personne en vue. Une mouche assez lourde se pose sur son front. Il la chasse de la main. Elle revient et se pose sur le lobe de l'oreille. Elle fait un bruit énervant. C'est une grosse mouche. Elle ne doit pas être de la région. Elle doit venir de Sicile ou de Calabre. Elle tourne autour de la table puis tombe au fond du verre de bière où il reste une goutte. Elle boit, puis essaie de remonter le long de la paroi du verre. Elle n'y arrive pas. Antonio est soulagé. Une mouche est capable de vous gâcher un moment de repos. A Villa Literno, il n'y a pas de mouche ; l'été, les lacs des environs sont infestés de moustiques. La peau d'Antonio, tannée par le sel marin et le soleil, ne craint pas les piqûres de moustique. Mais les mouches collantes, têtues et stupides, le mettent de mauvaise humeur. Ce soir, la mouche n'a pas réussi à le mettre en colère. Elle gigote dans le verre. Il retourne le verre et la tient prisonnière. La mouche mourra par manque d'air. Un silence lourd règne sur piazza Retonda. Rien ne bouge. L'air est fixe. L'ombre du mur d'en face est immobile. Il est inquiet. Un petit frisson parcourt son dos. Il aperçoit au loin une ombre qui avance. Il écarquille les yeux puis voit cinq, six, sept ombres marcher à petits pas sur le bord de la route. Sur l'autre bord, une dizaine d'ombres se faufilent. Il les voit bien à présent. Ce sont des hommes, grands, minces, noirs. Ils sont à cent mètres de la place. Ils s'arrêtent, se regroupent, se parlent à voix basse puis se dispersent. Ils portent tous un paquet, ou un sac. En même temps, ils font les mêmes gestes : ils se baissent, ouvrent leur paquet, en sortent une nappe ou un tapis, l'étalent et se couchent dessus. En quelques minutes, une vingtaine d'ombres ont disparu, rejoignant l'obscurité de la nuit. Antonio pense qu'il a eu une vision. Il regarde la rue à gauche. Là, ce n'est plus une hallucination. Il voit cette fois-ci nettement des dizaines d'hommes noirs étaler leur sac de couchage et dormir sur le trottoir. De l'autre côté, le même manège se poursuit : les mêmes ombres, les mêmes gestes, la même insouciance.

En une demi-heure, tous les trottoirs et champs de Villa Literno sont jonchés de corps noirs dormant profondément. Antonio a peur. Il se sent cerné par des corps anonymes plongés dans un sommeil sans doute bien mérité. En bougeant sur sa chaise, il se rend compte qu'il n'est plus cloué. Il se lève. Il n'a plus mal. Il se sent léger, libéré. Il n'a ni faim ni soif. Il se met à marcher, enjambant les corps par terre. « C'est un spectacle extraordinaire. Aucun metteur en scène n'aurait réussi une telle scène. Villa Literno est en train de prendre le large, elle voyage, elle est emportée par bribes dans les rêves de tous ces hommes, certains couchés à même le sol. »

En marchant, Antonio tend l'oreille car, de temps en

temps, des bouts de phrases en français, en italien ou en une langue inconnue fusent. Il les retient et les répète à lui-même : « Mamadou où es-tu ?... niente... ou du riz... pizza... Mamadou, je suis là... c'est le fleuve Sénégal... le soleil... laborar... niente... dove... Mamadou, elle sent comment la peau blanche ?... »

« C'est vrai, quelle est l'odeur de la peau blanche ? se demande Antonio. Pour le moment, je ne sais pas si c'est l'odeur de la peau noire, mais ça sent mauvais ! »

Non, cela ne sent pas encore mauvais. Cela sent étrange. Antonio se retient pour ne pas faire de commentaires. Il doit traverser la ville d'un bout à l'autre pour rentrer chez lui. En fait, il n'a pas tellement envie de rentrer. Il prend le chemin le plus long. Sa maison n'est pas une vraie maison. Il l'a acquise grâce à un crédit de ses amis napolitains. Deux chambres dans une maison inachevée. De l'extérieur, on dirait un chantier abandonné. Il y a des corps jusqu'au seuil de la maison. Il pousse la porte et sent une résistance. Il pousse encore plus fort et entend un gémissement. Il dit : « Il y a quelqu'un ? » Il le répète en français puis en italien. Tout à coup, il entend plusieurs voix dire : « Oui. » Il allume puis éclate de rire. Ce qu'il vient de voir ne le surprend pas. « Ne vous dérangez pas... excusez-moi... j'habite ici en principe... je laisse toujours la porte ouverte... ici il n'y a pas de voleur... Poussez-vous un peu, laissez-moi une petite place, là sur le canapé... »

Il se glisse sur le canapé et s'endort sans peine, un grand sourire sur le visage.

Jamais ces deux pièces n'ont reçu autant de monde. Les fenêtres sont ouvertes. Il fait chaud. Antonio ne fait pas de rêve. Il dort profondément et longtemps. Quand il se réveille — il est neuf heures passées — il n'y a personne dans la maison. Aucune trace, aucun signe, rien. Il passe la main dans ses cheveux blancs, se gratte machinalement la tête puis se met à faire sa toilette avec un litre d'eau dans une bouteille plastique.

« Je prends d'abord un café, je mange un peu de pain et du fromage, je fumerai ensuite un cigarillo, et après, je me poserai des questions. Pour le moment, faisons les choses par étapes. » Vers dix heures, il sort pour aller à son café, piazza Retonda. Dès qu'il ouvre la porte, une odeur nauséabonde d'excréments le submerge. Il n'y a plus personne sur les trottoirs, mais dans tous les coins de rue, il y a des tas d'excréments humains. « A présent, la merde devient une preuve, une pièce à conviction. Je n'ai pas rêvé, je n'ai pas été sous l'effet du haschisch. Ce que j'ai vu hier soir, ce n'est pas de l'hallucination. Chez moi aussi, des Noirs ont dormi mais ils ont été assez gentils, ils ont fait leurs besoins ailleurs ! »

Quand il arrive au café, il y a foule. On dirait une réunion syndicale. Il y a le maire, son adjoint, le curé, un médecin, le coiffeur, le boucher, les trois agents de police, Gloria la sage-femme, Gino l'instituteur, Paolo, ouvrier agricole, et même M. Mazzeta, le propriétaire terrien. Ils parlent tous en même temps. Dans ce village, les gens ne savent pas écouter. Ils aiment parler mais ne répondent jamais aux questions qu'on leur pose parce qu'ils oublient d'écouter. Gloria crie dans son coin : « Attention, nous ne sommes pas racistes ! » Mais comme Paolo n'a entendu que le dernier mot, il se dirige vers Gloria en hurlant : « Moi, raciste ? Moi qu'on appelait Rital en France, je vais être raciste ! Ça ne va pas, Gloria ! »

— Mais non, j'ai dit qu'il faut faire attention, c'est tout.

— Ça me paraît difficile...

— Comment ?

— Je dis ça me paraît difficile d'éviter le racisme... et je sais de quoi je parle. Ils sont cinq cents à travailler pour moi. Cinq cents Africains, tous noirs, tous grands, tous forts, tous décidés à faire le maximum pour gagner le maximum, tous pauvres, affamés...

— Cinq cents ! Mais ils vont nous bouffer !

— Non, ils sont plus nombreux... ils sont au moins quatre mille ! Cela fait pour Villa Literno un Africain pour deux Italiens.

— Un Blanc pour deux Noirs !

— Ta gueule !

— Calme-toi, la Gloria. Il n'a rien dit de méchant. C'est vrai que, statistiquement, ils sont à peu près la moitié de la population.

— Alors nous sommes envahis ?

— Non, nous sommes, excusez le terme, emmerdés ! Ce sera la seconde fois que la merde sera rentable. Oui, le maire de Villa Literno annonce officiellement que la population de sa commune est dans la merde... On doit la déclarer « commune sinistrée », en espérant que le gouvernement nous accorde l'aide nécessaire. Ça sent la merde à cinq kilomètres d'ici. C'est un problème technique. Qu'en pensez-vous, monsieur le médecin ?

— Il faut nettoyer et désinfecter. C'est tout. Ensuite, il faut leur installer des fosses chimiques sur le lieu de travail.

— Oh là là, c'est compliqué ! Tu m'imagines en train de commander à Caserte ou à Naples des fosses chimiques pour mes ouvriers ? On me rira au nez.

— Alors Villa Literno sera la première commune où il y aura le plus de fémurs brisés... Parce que ça va glisser !

— Mais vous ne lisez pas les journaux ou quoi ? L'Europe déverse en Afrique des déchets chimiques, des déchets atomiques et autres saloperies. Bien plus dangereux que la merde des Africains venus ramasser nos tomates !

— En France, on nous appelait les Ritals mais nous, on ne va pas les appeler les Nègres, on n'est pas raciste !

— Qui a dit qu'on est raciste ? Merde alors !

— Que les producteurs les logent, ce serait plus normal !

— Les producteurs, est-ce qu'ils nous logent, nous autres ?

— Gloria, arrête de hurler !

— Mais je ne hurle pas, je crie pour qu'on m'entende. Villa Literno — silence une minute ! —, je disais Villa Literno a dormi pendant des années. Elle se réveille à chaque tremblement de terre. Entre deux tremblements de terre, elle cultive l'ennui. Aujourd'hui, enfin, il nous arrive quelque chose ! L'Afrique vient à nous. Sachons l'accueillir. Il faut nous organiser. On va parler à leur chef, il doit bien y avoir un chef de tribu avec qui discuter... Moi, je tiendrai la permanence au bureau de la Caritas. Je vais leur expliquer qu'on ne doit pas faire pipi et caca n'importe où.

— Oui, tu as raison, mais que fait le gouvernement ?

— Le quoi ?

— Le gouvernement...

— Qu'est-ce que cette histoire de gouvernement ? Tu t'imagines en train de téléphoner au ministre de l'Intérieur et lui dire : « Ici la commune de Villa Literno, je suis un citoyen ; le maire a des hémorroïdes ; je dois vous informer que la commune a été envahie par quatre mille Africains qui ont chié partout... » Mais ils vont rire et nous aussi.

Antonio commence à avoir mal à la tête. Il quitte le café et se dirige vers la sortie de la ville. Il marche au milieu de la rue pour éviter les excréments. Les mouches sont déjà là. A deux kilomètres de là, il se trouve dans un champ où des centaines d'Africains ramassent les tomates. Ils travaillent avec une rapidité étonnante. Tous les corps baissés, le dos nu, brillant au soleil, sont en train de faire un rendement deux fois plus important que celui des ouvriers italiens.

Au coucher du soleil, Antonio et Gloria s'installent à l'entrée de la ville et essaient de rassembler les Africains pour leur parler des problèmes d'hygiène. Ils arrivent puis s'assoient par terre, sans rien dire. Gloria leur demande de désigner un chef.

— On n'a pas de chef, ma sœur ! Nous sommes africains, nous sommes tous frères, mais nous ne sommes pas du même pays ou de la même tribu. Vous avez des Sénégalais, des Gambiens, des Ghanéens, des Togolais, des Mauritaniens, des Ivoiriens, des Congolais, des Zaïrois...

Antonio n'arrive pas à placer un mot entre Gloria qui parle sans arrêt et les Africains qui interviennent en même temps. Il ne suit plus. Il rêve. Ses pérégrinations ne l'ont jamais conduit jusqu'en Afrique noire. Il imagine un continent sans entraves, sans frontières, où la nature est plus forte et plus belle que la civilisation européenne. Il quitte la réunion et va chez Vito, l'intellectuel de Villa Literno. Vito est un ancien anarchiste. Son père était un antifasciste qui connut la prison sous Mussolini. Antonio se présente à sa boutique, une espèce de kiosque à journaux avec, au fond, des livres que personne n'a lus.

— Où étais-tu ce matin ? Pourquoi tu n'as pas participé à la réunion ?

— J'étais en train de préparer le ragoût pour ce soir… J'ai invité à dîner des amis africains, des Congolais. Tu sais, j'ai vécu quelque temps au Congo.

— Est-ce que tu aurais une carte d'Afrique, ou mieux, un livre sur ce continent ?

Vito lui donne un paquet de livres et de cartes et l'invite à dîner.

— Il ne faut pas avoir peur. Ce ne sont que des hommes. Ils sont un peu différents…

— Non mais, Vito, tu ne vas pas me soupçonner d'être raciste ?

— Non. Pas toi. Toi, tu as voyagé, tu as vu du monde. Mais tu imagines un type comme Benedetto !

Antonio attend chez lui l'arrivée des Africains pour leur proposer de dîner ensemble. Il a l'intention de préparer des pâtes et de la viande en sauce. Il a acheté quelques bouteilles de vin. Personne n'est venu. Les rues et les trottoirs sont vides. Déçu, il mange du pain et du fromage puis s'endort en lisant *L'Afrique noire est mal partie*.

Pendant ce temps-là, Gloria fait en voiture le tour des environs pour repérer les vieilles bâtisses abandonnées ou les constructions inachevées afin d'y loger les Africains. En quelques jours, elle a réussi des miracles et elle est devenue Mami Gloria. Aidée par Stefania, l'institutrice, Sandra, la femme du maire, Gino, un chômeur, et Bruno, un permanent du Parti communiste, elle a mis de l'ordre dans ce que certains appellent « l'invasion noire ».

Une confiance totale s'établit entre Mami et les Africains au point qu'ils lui confient leur argent. Elle installe une table et des chaises dans une pièce attenante à l'église et devient l'assistante sociale, l'avocate, la conseillère, la *màmma,* l'amie, la sœur, l'infirmière qui fait des piqûres et vaccine, l'écrivain public, la caisse de dépôt, la confidente de la nostalgie, l'espérance et la survie de ces hommes qui ont fait des milliers de kilomètres et passé clandestinement par tant de frontières pour ramasser les tomates de cette Italie du Sud.

Benedetto est un homme inquiet. Il a peur tout le temps. Depuis le tremblement de terre qui le surprit dans les toilettes, il est traumatisé. Il ne peut faire ses besoins que debout et la porte des toilettes entrouverte. Il sent mauvais et prend prétexte de la rareté de l'eau pour ne pas se laver. Il a peur de tout ce qui bouge et fait du bruit. Il déteste les jeunes qui traversent la ville en moto. Il ne supporte aucune musique. Il a peur de l'ombre. Il ne s'aime pas. Voilà pourquoi il n'aime pas les autres. Quand il a découvert ce qu'il appelle « l'invasion noire », il a été le seul à appeler les carabiniers, qui l'ont rassuré mais ne sont pas venus. Il dit qu'il est raciste parce qu'il n'aime pas les étrangers. On le laisse dire ce qu'il veut. Mais le jour de l'assassinat de Jerry Essam Masslo, un travailleur sud-africain, il a été le premier suspect que la police a interrogé. Benedetto n'est pas capable de tuer. Ses mains tremblent à cause des médicaments qu'un psychiatre de Naples lui a prescrits.

Non, Benedetto est bêtement raciste. Il s'est même attribué le crime en question. Lorsque les trois jeunes assassins ont été arrêtés, ils ont insisté auprès de la presse pour bien faire remarquer qu'ils n'étaient pas racistes mais voleurs. Ils ont tenu à cette distinction. Comme a dit Antonio le lendemain du meurtre : « Si les voleurs sont de toutes les couleurs, les victimes sont souvent des Noirs ; ils sont la proie facile des voleurs ; ils sont clandestins et ne peuvent pas aller se plaindre à la police. »

Depuis cette nuit où Jerry a été tué et volé, Villa Literno n'est plus la même. Les rues et les murs, les mains et les visages, les champs et les chiens portent discrètement le deuil, non pas un deuil personnel et intime, mais un deuil collectif qui a fait de ce village paisible un lieu taché de sang.

Antonio n'a plus le cœur à cultiver la paresse et les souvenirs de voyageur. Il est triste et ne sait que faire. Non pas que la mort d'un malheureux immigré l'ait affecté au point de ne plus vivre, mais il n'arrive pas à admettre que son village, où il a cru trouver la paix et la sérénité, puisse tout d'un coup être le lieu où le malheur a frappé. Antonio se promène avec un besoin de consolation inassouvi, lisant les journaux étrangers qui ont relaté l'événement, allant de la mairie à l'église, proposant son temps et un peu d'argent à l'association chrétienne Caritas. Antonio a honte. Dès qu'il aperçoit un étranger venu s'informer sur l'assassinat de Jerry, il se propose de l'aider et de lui parler. Il ne lui raconte pas des histoires. Il lui dit comment les choses se sont passées et répète : « Ici, à Villa Literno, le racisme n'a pas droit de cité. » Il veut laver le village de cette malédiction. « Avant, dit-il, Villa Literno avait des problèmes. Personne ne s'en souciait. Les gens vivaient avec peu de chose. Après l'arrivée des Africains, Villa Literno a toujours les mêmes problèmes, mais on croit, ou on fait croire, que ce sont des problèmes causés par les étrangers. Mais l'étranger ici, c'est l'État. Il n'ose même pas se montrer. Voilà, monsieur le journaliste, écrivez ceci : l'État est absent, Rome est absente. Les propriétaires des champs de tomates qui utilisent la main-d'œuvre africaine sont absents, et ils croient avoir engagé non pas des hommes, mais des outils qui n'ont pas besoin de manger ni de dormir ni de faire leurs besoins. Voilà pourquoi les mouches ont été généreuses avec Villa Literno. Elles sont arrivées de loin pour se gaver de la merde humaine et pour la transmettre aux gens de Naples et de Milan. Nous avons envoyé une valise de mouches au Parlement de Rome et nous sommes en train de préparer une caisse plus grande pour le Parlement européen. La merde des Africains dégage la même puanteur que la merde des Européens.

» Seulement, les uns savent comment l'évacuer sans rien voir ni rien sentir et les autres, démunis, exposent la leur sur la place publique. Cette place est la nôtre. Avant, on s'y retrouvait pour contempler le ciel et le soleil couchant, aujourd'hui on l'évite. Pas loin d'ici, à deux kilomètres à peine, allez voir sur le bord de la route, il y a une vieille bâtisse. Allez-y le soir de préférence. Vous n'aurez pas à pousser la porte. Il n'y en a pas. Des lits, des paillasses. Dessus, des corps fatigués, des corps grands, noirs, transpirant la lassitude et la sueur du labeur. Regardez le toit. Des brèches, des fissures, sur lesquelles on a déposé un plastique. Le jour où la pluie sera forte, le toit s'écroulera, l'eau lavera les vieilles pierres et se mêlera au sable des questions restées sur les lèvres des enfants oubliés... »

Antonio parle seul, marche seul. Il sent en lui une énergie insoupçonnée. Sa retraite qui était en train de l'écarter de la vie le rend à présent actif, elle s'éloigne, lui donnant l'occasion d'être utile. Depuis, Antonio se regarde souvent dans le miroir. Ses rides sont belles. Sa peau s'est durcie encore. Son regard n'est plus vide ou incertain. On dirait qu'il sait ce qu'il veut, ce qu'il cherche. « Comment, se demande-t-il, ces Africains sont-il arrivés jusqu'à Villa Literno ? » Il en tire une petite fierté : « Villa Literno est connue jusqu'au Togo, jusqu'au Sud de l'Afrique, jusqu'au village de Jerry... Mais un village qui doit nous maudire à présent... »

Antonio ne s'assied plus piazza Retonda pour assister à l'arrivée du soir. Les ombres ne sont plus des fantômes. Les ombres sont des hommes qui posent la joue sur la terre et s'endorment sans faire de rêves. Ils n'ont même plus la force d'avoir peur.

Depuis ces bouleversements, Antonio dort encore moins qu'avant et marche beaucoup. Un jour, alors qu'il est sur le chemin de Castel Volturno, par un matin frais et calme, il entend des cris et des pleurs. Il n'y a pas de maison, pas de voiture arrêtée au bord de la route. Les appels viennent d'un arbre ou d'un puits. Il s'arrête, regarde autour de lui, cure ses oreilles avec une allumette, met la main dans ses cheveux pour bien réfléchir, puis, comme illuminé par une trouvaille inattendue, se dirige d'un pas sûr vers la troisième rangée d'arbres. Plus il s'en approche, plus les pleurs deviennent aigus. Sous l'arbre, il y a un cageot de laitues. Sous les laitues, une petite chose noire appelle au secours. Le bébé, un garçon, doit avoir quelques jours. Antonio le prend dans ses bras et se met à courir. Il est plus proche de Castel Volturno que de Villa Literno. Il se souvient de Luigi que certains appellent « le saint » parce qu'il consacre tout son temps aux autres. Seul Luigi peut l'aider et sauver l'enfant trouvé.

Grand de taille, fort, chauve, Luigi a la carrure d'un joueur de rugby ou d'un maçon. Quand il s'énerve, il bégaie et devient rouge. Il aurait pu être prêtre, un de ces prêtres ouvriers qui travaillent à l'usine ou dans les champs et qui consacrent leur temps de loisir à panser les blessures des humiliés. Mais Luigi n'aime pas l'Église. Il préfère le travail individuel ne dépendant d'aucune instance. Cet ancien militant maoïste s'est reconverti avec son ami d'enfance, Marcello, dans l'assistance sociale. A eux deux, ils ont monté une petite affaire de menuiserie et d'ébénisterie. Le reste du temps, ils se relaient pour s'occuper des Africains. En fait, l'arrivée massive et impromptue de ces immigrés leur permet de ne pas être totalement en rupture avec leurs convictions de militants « voulant changer le monde tout en rêvant un monde meilleur pour les damnés de la terre ». L'arrivée des Africains a changé la vie de la région. Avec l'aide de la Croix-Rouge et de quelques associations, ils ont équipé un immeuble abandonné et en ont fait un centre d'hébergement. Au moment où Antonio apparaît sur le seuil de la maison, Luigi s'apprête à aller ramasser les enfants pour les déposer à la crèche. C'est un rituel quotidien : à partir de 5 h 30, il va les chercher pour les ramener à leurs parents en fin de journée. Antonio est blême. Il tremble. Le bébé ne cesse de pleurer et de gigoter. Il faut se dépêcher, trouver du lait, un biberon, des langes propres, une mère. Carla, la femme de Marcello, sera la mère. Alertée par les cris stridents du nourrisson, elle se précipite à la porte et le prend dans ses bras. Antonio pousse un soupir de soulagement, s'assied sur une chaise et admire le calme et le savoir-faire de Carla. On a eu du mal à faire venir un médecin, mais l'enfant a été sauvé. Antonio a passé toute la journée auprès de lui. Il regarde ses grands yeux noirs qui sourient déjà. En fait, il n'est pas noir, mais brun mat, un mélange d'une peau noire et d'une peau blanche. La mère doit être une fille de la région, le père, probablement un Africain, un parmi les quatre mille.

Carla et Marcello ont fait les démarches administratives pour l'adopter. Ils ont rencontré les pires difficultés. Il fallait rendre l'enfant à l'Assistance publique et faire une demande d'adoption et attendre. Ils ont continué à se battre jusqu'au jour où l'assistante sociale les a introduits dans le bureau du juge responsable des adoptions à Naples. Il s'appelle Francesco Guttuso. Un embonpoint imposant, des cheveux raides, de petites lunettes et surtout des mains épaisses jouant avec des trombones. Il doit donner l'apparence d'un bon père de famille. Il a cependant l'air blasé. Sans les regarder, il dit à Marcello et Carla :

— Ainsi, vous ne pouvez avoir d'enfant ?

— Non, monsieur Guttuso, si nous avons fait une demande d'adoption, c'est parce que nous ne pouvons pas tolérer qu'un nourrisson trouvé reste dans la nature, dit Marcello.

— Je voudrais vous signaler, monsieur Guttuso, que

nous avons quatre enfants… C'est dans le dossier… Il y a même leurs photos, ajoute Carla.

M. Guttuso casse le trombone et en prend un autre dans une petite boîte.

— Oui, je sais. Je n'ai pas dit que vous étiez stérile, madame, mais vous ne pouvez pas, comme ça, par besoin humanitaire, prendre un enfant et l'inclure dans votre famille. Dites-moi d'abord, on connaît la mère ?

— Non. On suppose qu'elle est italienne.

— Pourquoi ? Elle pourrait être suédoise ?

— Non, ce que Carla a voulu dire, c'est que le père est probablement un Africain noir.

— Et comment ?

— Mais parce que, monsieur Guttuso, l'enfant est métis et qu'il a été trouvé près de Castel Volturno, là où vivent plus d'un millier d'immigrés africains.

— Bon. Écoutez. Pour le moment, il faut déposer l'enfant à l'Assistance publique de Naples, et votre dossier suivra son cours. Au revoir. On vous écrira.

Au moment de se lever, Marcello se penche vers M. Guttuso et lui dit :

— Nous venons de la part de Don Rodolfo. Il devait vous en parler.

— Asseyez-vous. Il fallait le dire tout de suite.

Ainsi, grâce à Don Rodolfo que ni Carla ni Marcello ne connaissent, Mario a été adopté. En fait, le curé de Castel Volturno a parlé de cette affaire à un des propriétaires des champs de tomates qui a dû en parler à un cousin, entrepreneur à Naples, lequel a dû en toucher deux mots au fils de Don Rodolfo, lequel enfin a dû passer un coup de fil à M. Guttuso. C'est Antonio qui l'a appelé Mario. Il a pensé un moment lui donner le nom de Jerry, mais Marcello et Carla l'en ont dissuadé : « Il ne faut pas faire de Jerry un martyr. Il n'a pas été tué parce qu'il était noir. Ne chargeons pas cet enfant trouvé du nom d'une victime... »

Plusieurs fois par semaine, Antonio fait la navette entre Villa Literno et Castel Volturno. Il vient voir « son fils ». Sur la route il aperçoit, le soir, des ombres qui se cachent derrière les arbres. Il sait que ce ne sont pas des fantômes. Il sait même que l'une de ces ombres est un adolescent qui a mal tourné. Sa photo a paru dans un journal après une rafle de la brigade antidrogue. Il s'appelle Harry. Au moment où la police l'a pris, il a avalé le sachet d'héroïne qu'il était en train de vendre. Il a été libéré. Où dort-il ? Où vit-il ? Personne ne le sait. Une rumeur a couru un moment, faisant croire aux gens que ces ombres vivaient dans le cimetière et qu'on aurait même surpris un Togolais dormant à poings fermés dans une tombe vide. La famille qui avait acheté ce caveau refusa d'y déposer le grand-père qui venait de mourir. Par superstition ou par peur, ils durent l'enterrer ailleurs. Une autre rumeur dit qu'ils dorment dans les arbres.

Qu'importe. Les deux villes à présent sont reliées par une même inquiétude. Un fil tendu entre deux lieux qui vous fait éprouver un sentiment de défaite et d'impuissance. Antonio s'est dit pendant longtemps qu'il n'y avait rien à faire, que cette région était vouée à l'ennui, à la solitude et à l'immobilité. Curieusement, il a fallu le tremblement de terre de 1981 pour réveiller ces vieilles pierres et cette vieille lassitude. Quelques semaines après, les morts se sont tus et les chaises ont repris leur place sur le trottoir ; les vieux se sont mis à regarder le ciel avec des yeux humides, interrogeant les couleurs du crépuscule sur l'ampleur de la prochaine catastrophe. Seul, Antonio a su attendre jusqu'à l'arrivée silencieuse des Africains. A présent, Antonio ne connaît plus l'ennui. Sa vie est remplie. Ses amitiés ont changé. Il ne va plus à Naples jouer aux cartes avec « les jeunes gens braves mais impatients ». La nuit, il dort en pensant à Mario. Ses insomnies ont peu à peu disparu. Il rêve de temps en temps à Tanger. Il pense y aller cet hiver, après le départ des immigrés. Certains, la saison des tomates terminée, ont fait leurs bagages puis ont disparu. Les autres sont restés. Ils passent l'hiver dans la région, attendant la prochaine saison. Ils s'ennuient et traînent entre Villa Literno et Castel Volturno. Ils attendent l'été. Eux aussi surveillent le ciel et scrutent l'horizon.

Une équipe de télévision est arrivée pour faire un reportage sur la présence des Africains à Villa Literno. Le journaliste, un Milanais barbu, a voulu les surprendre la nuit dans leur sommeil. L'éclairage puissant a réveillé des corps fatigués qui se sont mis à courir dans tous les sens, pensant que c'était la police qui venait les arrêter. Ils ont tous disparu dans des trous creusés en bordure des champs. Le journaliste était déçu et quelque peu désolé d'avoir fait peur à des hommes qui ne pouvaient pas faire la différence entre une équipe de télévision et un groupe de carabiniers.

VI

Pietro le fou, Pietro le sage

Pietro voulait être acteur. Sa grande taille, son front haut, ses petits yeux profonds, ses gestes souvent amples et incompris le rendaient énigmatique. Quant à son embonpoint, il impressionnait les enfants qui le prenaient pour un ogre échappé d'un conte ou d'une légende.

Il aurait pu être un bon comédien s'il n'avait eu un défaut : Pietro bégayait. Il avait tout essayé pour se débarrasser de ce handicap : il avait rempli sa bouche de cailloux et récitait des tirades de *Faust*. Il marchait sur la plage répétant à haute voix de longues phrases compliquées. Cependant, quand il prenait son souffle et se lançait dans un discours, il réussissait à ne plus bégayer à condition de ne pas être interrompu.

Après maintes tentatives, il abandonna le théâtre et se contenta de quelques figurations dans des films d'horreur.

Un jour, il se rasa le crâne, se laissa pousser la barbe, s'habilla avec un costume du Moyen Âge récupéré dans les coulisses d'un théâtre voué à la démolition et partit raconter les pays du Sud dans les marchés publics.

Pietro naquit dans la ville de la céramique et de la

Démocratie chrétienne. Caltagirone est une belle petite ville ancienne où tout semble préservé, les pierres, les murs, les monuments, l'air qu'on respire et l'âme de ce lieu. Même le cimetière est un musée où veille l'*Ange* de Mario Rutelli. Loin de sa ville, Pietro sillonnait le reste du pays. Il intervenait dans les foires ou au cours de meetings politiques. Il lui arrivait souvent de ravir la vedette à des députés ou à des chefs de parti :

« Je suis Pietro, l'homme qui bégaie mais qu'il ne faut surtout pas interrompre ; je suis né en face de la maison de Don Stuzzo, l'homme de Dieu qui a cru que la démocratie pourrait être chrétienne ou, si vous voulez, qui a pensé que les chrétiens pouvaient être des démocrates. Après tout, c'est possible. Moi, je n'ai rien contre, pourvu qu'ils soient sincères et humains. Or, mes amis, la politique c'est l'art de paraître sincère tout en étant inhumain, ou le contraire. Je suis né dans la rue parallèle à celle où habitait Luigi Scelba, un ministre de l'Intérieur qui partit en guerre contre Giuliano. Nos deux rues ne se rencontrent jamais car M. Scelba a lutté aussi contre les prolétaires. Je suis Pietro, acteur déchu, homme de parole même si elle vous parvient par bribes et dans le désordre, en morceaux détachés, mais ma parole est ronde, elle tourne, tourne, jusqu'à crever l'abcès de la vérité. Elle tourne et poursuit ceux qui vivent de mensonge. La vérité n'est pas dans le puits, elle est dans vos yeux, dans votre sang, dans votre âme. Ce que je dis est ancien. Comme la pierre tombale de nos ancêtres, comme la céramique laissée par les siècles. Je sais ce que vous pensez, mais je ne suis pas de ceux qui, lorsqu'ils n'arrivent pas à peindre un palais, le souillent de leurs sarcasmes et parfois de leurs excréments. Que n'a-t-on vu des hommes déposer leur merde dans la bâtisse du temps éternel ?

» Comme vous, je lis les journaux et j'oublie. Ma mémoire travaille cependant. Elle se réveille. Elle est à votre service. Elle a appris à fouiller et à rendre présent l'absent. Elle est comme notre artiste Burri qui a coulé des dalles de béton sur Gibellina l'engloutie. La ville fantôme est devenue une sculpture du néant. La vie s'y est arrêtée comme une vieille dame changée en statue. La pierre parle. Tendez l'oreille. Vous entendez ce qu'elle vous dit : le maire de Palerme, un homme droit et courageux, a été démissionné, lui et ses adjoints, par la Démocratie chrétienne, du moins officiellement. Leo Luca Orlando est un homme connu pour son combat. Il a été jugé trop honnête. Écoutez encore la pierre et l'asphalte : Rocco est mort sur la route de Marina di Gioisa. Don Bianco, le père Don Bianco, a quitté l'Église. Il croit toujours en Dieu, mais sa route a croisé celle d'un homme indigne. Il est parti parce qu'il a vu et entendu ce que l'âme d'un chrétien ne peut tolérer. A Naples, dans le quartier de Forcella, un tronçon de la rue Vicolo dei Tarallari a été recouvert par de la moquette et un gazon synthétique pour qu'un seigneur de la contrebande puisse accéder à sa demeure dans le confort. Se considère-t-il comme l'administrateur officieux du quartier ? Peut-être. En tout cas, on m'a dit que la police n'y va jamais. Et pourquoi entrerait-elle dans ce quartier puisque tout va bien. La vertu est sauve. N'est-ce pas dans ce quartier qu'on dresse le plus grand sapin de Noël de tout Naples ? C'est là que les voitures de personnalités, dites de respect, se garent sans problème. On leur garde même les places avec des barrières et des chaînes.

C'est formidable. Quand j'avais encore mon âne, je n'avais pas le droit de l'attacher dans cette rue. Savez-vous pourquoi ? Parce que mon âne pissait souvent.

» Pas loin de là, j'ai vu une pancarte suspendue au-dessus du portail d'une église. Sur cette pancarte, il est écrit ceci : “ Cette église est à louer. Tél. 41 85 29. ” Vous pouvez téléphoner. Je l'ai fait. La voix doucereuse d'une belle call-girl vous propose des informations pour faire l'affaire. De là à ce que cette église devienne une maison de rendez-vous, il n'y a qu'un pas qu'un bon homme d'affaires avisé devrait franchir sous peu. Remarquez, je n'ai rien contre le plaisir. Mais avouez que c'est étrange.

» Puisqu'on est dans ce chapitre, vous vous souvenez de ce prêtre qui s'est cru important et indispensable au point de faire installer, pour faciliter l'accès à sa maison, un feu rouge sur la Superstrada Jonica ? Il est drôle. Lui aussi aime le confort. Pas loin de là, un prêtre humilié s'est inscrit au Parti communiste. Il a été menacé par le prêtre du feu rouge d'être écrasé comme une fourmi, parce qu'il ne baisse pas la tête, parce qu'il proteste tout le temps et dénonce ceux qui, à l'intérieur de l'Église, collaborent avec l'ennemi.

» Un autre prêtre, perché dans un village où rôde le malheur, exprime publiquement ses regrets après la destitution par le président de la République d'un maire indélicat avec la vie des autres. Il dit : “ Je préfère un malheur dont je connais l'origine et les conditions à un malheur aveugle et peut-être plus meurtrier. Au moins, du temps du maire, tout marchait bien. Aujourd'hui, rien ne va. Seuls quelques mandats arrivent d'Allemagne et d'Amérique. ”

» Ô mes frères, ne m'interrompez pas ! La liste est longue de tout ce qui ruine ma sagesse et enrichit ma folie. Ma parole va et vient, ballottée par le vent mauvais de l'Aspromonte, là où des grottes sont devenues des lieux de séquestration, là où les arbres sont majestueux et indifférents à la démence des hommes, là où les vaches sont intouchables, sacrées comme en Inde ; elles sont sacrées non pas parce qu'elles sont le symbole de quelque valeur spirituelle, mais parce qu'elles appartiennent à des hommes puissants. On m'a raconté l'histoire d'une vache tombée par hasard sur une tombe. La vache est morte parce que la chute a été dure. La famille à qui appartient la tombe est venue déplacer l'animal qui a ensanglanté la pierre tombale. On m'a rapporté qu'un homme de cette famille a été tué pour avoir osé toucher cette vache. Ô mes frères ! Dans quelle époque vivons-nous ? Si la vérité bégaie par ma bouche, sachez la recevoir et la récupérer, collez-en les morceaux et allez voir comment le silence fait la loi, comment la vie d'un homme a si peu d'importance. Il vaut mieux être une vache qu'un homme. On m'a aussi raconté l'histoire d'un jeune homme aveugle qui passait son temps à jouer aux cartes et à contrôler le loto clandestin. Un aveugle clairvoyant, mais pas au point d'éviter la balle qui lui fut fatale. On est loin de la légende du cyclope qui se nourrissait de chair humaine et qui eut le malheur de rencontrer Ulysse sur sa route. Nos histoires ne sont pas assez riches pour devenir des légendes. Et pourtant l'histoire de l'aveugle d'Afragola qui, un dimanche matin, administra, au milieu de la place, une gifle retentissante à un de ces seigneurs, homme puissant et inspirant le respect, je dirais la peur plus que le respect, est assez extravagante. Figurez-vous que ce geste inconsidéré a eu pour conséquence la mort violente d'au moins trente personnes. Il paraît que l'aveugle a été épargné. Il fut juste désigné pour déclarer la guerre. Il paraît qu'il s'était entraîné à la maison sur ses frères qu'il giflait. Il ne fallait surtout pas rater cette gifle en public. Un ami, écrivain haïtien, m'a dit que les aveugles font l'amour à midi. Pourquoi à midi, parce que c'est le moment de la journée où leur corps se réveille et s'agite. Chez nous, la passion de l'amour est moins importante que la passion du drame.

» La vérité n'est pas ce qu'on voit. La vérité n'est pas ce qui est, mais ce qu'on raconte. Moi, je raconte sans arrêt pour que la vérité surgisse. Je parle et mes paroles me suivent comme la fumée, comme la rumeur, comme l'ombre, comme la chanson des disparus, comme le souvenir d'un printemps sans vendetta, comme une prière qui atteint le ciel.

» Ô mes amis, je veux savoir si c'est vrai que Naples est une femme infidèle, si elle a des enfants éparpillés de par le monde, si la mer a un goût d'eau douce, si les femmes sont plus belles au Sud, si le jour garde en son sein les étoiles de la veille, si 18 % du produit intérieur brut de toute l'Italie est d'origine inconnue, comme l'origine de ma folie est floue, ô mes frères, ne sommes-nous pas comme cette plante étrange, le “ mimosa pudibond ”, qui se referme dès qu'on la touche ? Mais sur quels secrets sommes-nous fermés ? Le mimosa tremble avant de se recroqueviller ; nous, nous tremblons aussi mais par habitude de la peur et du silence.

» Avez-vous visité la villa di Napoli à Palerme ? C'est un jardin hors du temps. Une partie de ce palais a été vendue. Il devait être restauré et sauvegardé pour témoigner d'un passé riche. Ah ! mes amis, des mains l'ont démoli, pour spéculer sur le terrain. La villa est abîmée. Une partie a été sauvée. Contre l'ignorance, il n'y a rien à faire. Si, on peut pleurer, mais nos larmes ne servent qu'à provoquer la pitié.

» Ne m'offrez pas d'argent, juste un peu de votre temps et quelques verres de vin de Sicile. On m'a dit que j'ai un frère, un sosie qui va de ville en village, de Marrakech à Asilah, de Tanger à Tlemcen. Il s'appelle Moha. Il vit dans les arbres et traverse plaines et montagnes, dit à voix haute, sans hésiter, sans bégayer, les blessures de son pays. Je lui rends hommage en buvant à sa santé. Il m'arrive de le chercher en Sicile même. Je ne le trouve pas, mais je l'imagine. Il m'a même semblé le voir à la casbah de Mazarra del Vallo, dans un café de pêcheurs tunisiens. Ils étaient tous là, l'entourant et l'écoutant rapporter les dernières nouvelles du pays : les Tunisiens se regardaient. Des hommes jeunes et robustes qui avaient quitté il y a longtemps leur village. Arrivés à Mazarra del Vallo, ils recréèrent leur lieu d'origine, mais vivent aujourd'hui encore dans la tristesse. J'ai vu, à l'entrée de la ville, tout près du passage à niveau, Larbi, un Marocain qui vend des mouchoirs et des briquets. Il parle italien et cultive l'oubli du pays. Il me lit le journal et me dit : “ Tu as vu, ils sont nombreux les Arabes ici ! ” Larbi a de l'ancienneté, alors il pense qu'il est de moins en moins marocain et de plus en plus italien. Ah ! si Moha l'avait rencontré il n'aurait pas été content. Il ne connaissait pas Moha. En revanche, il savait tout sur Cicciu Busacca, mon alter ego, mon frère et maître, celui qui clame la vérité en chantant. C'est Busacca qui m'a poussé à parler dans les rues. Il m'a dit : “ Pietro ! tu es fait pour réveiller les pierres. Le Mezzogiorno est une immense blessure. Elle ne cesse de s'élargir. Notre parole ne doit être ni amère ni triste. Elle doit dire la vérité et nous apprendre à percer le silence. Notre grand écrivain et ami, Sciascia, nous rappelle que le lézard est malin puisque, bien après la mort, sa queue continue de s'agiter pour nous maudire, pour nous empêcher de dormir sur nos deux oreilles. Il faut continuer à parler et à chanter. Tu te souviens quand, à Palerme, des voyous coupèrent les fils de mon micro, eh bien, j'ai eu une voix plus forte encore, j'ai hurlé et j'ai chanté malgré tout, jusqu'au jour où on m'a offert ces micros sans fils. Il ne faut jamais renoncer... Va, Pietro, prends la route... C'est parce que nous sommes fous que nous devons dire la vérité ! ”

» Ah ! j'aurais tant aimé faire rencontrer Moha et Busacca ! Ah ! Palerme ! quelle ville ! L'angoisse suinte des pierres. La peur couvre la ville. Que de morts sur les trottoirs ! Et pourtant, les gens sont accueillants, hospitaliers. C'est une ville où je n'arrive pas à parler. Ma voix reste au fond de la gorge, comme dans un cauchemar, je hurle et rien ne sort. Ici, je bégaie. Là-bas, je suis réduit au silence. Personne ne me menace. Personne ne me fait peur. Mais ma voix reste prisonnière dans mes tripes. Ah ! Palerme, ses palais en ruine, ses statues, ses grandes avenues ! J'y ai vu des gens sans importance se faire escorter par des gardes du corps. J'y ai vu des gens importants marcher seuls dans la rue. J'y ai vu des gens qui n'ont pas besoin de gardes du corps marcher entourés d'hommes armés. Ils se gardent d'eux-mêmes.

Ils se gardent du parti qui a mis fin au printemps de Palerme ! J'y ai vu des enfants avoir plus de malice que le démon. Un peu plus loin, j'ai vu une ville... Est-ce bien une ville ? Elle est si mal nommée : Gioia Tauro. Il paraît que ce devait être le plus grand port de la Méditerranée... Le plus grand désastre, oui... Une ville habitée par des gens dévastés par un destin borgne... C'est une ville qui attend et attendra longtemps. Des maisons... Est-ce bien des maisons ? des cages inachevées. Des maisons sans terrasse, avec des portes et des fenêtres de fortune. J'ai vu le port. Est-ce bien un port ? Pas une mouette, pas une grue, pas un bateau pour rappeler les humeurs de la mer. Pas d'odeur non plus. Des terrains vagues. Des routes interminables avec quinze panneaux blancs tous les trois cents mètres où aucun nom n'est écrit, juste une flèche en bas avec le chiffre 300. Les panneaux sont d'une blancheur impeccable. On doit les repeindre tous les trois mois et ça doit coûter à l'État plus de trente millions à chaque fois. Gioia Tauro est trois fois maudite : par Dieu — le ciel est indifférent à son malheur ; par l'État — il y a investi une infinité de milliards engloutis dans le sable tous les trois cents mètres ; par les hommes — ils l'ont condamnée à rester inachevée. D'ailleurs, les enfants sont à moitié oiseau, à moitié poisson... Ils attendent que quelqu'un viennent les sortir de là. Je n'ai pas eu la force de les dégager de cette masse de béton, sans âme, sans figure. L'absurde s'est emparé de Gioia Tauro jusqu'à en faire une immense scène d'un théâtre imaginaire avec des personnages burlesques bavant et se roulant par terre à ramasser leurs vomissures. J'ai vu le désert moins le sable et les mirages. Je me suis perdu dans ce territoire plat et nu, sans passé, sans avenir. Le béton des immeubles jamais terminés est la mémoire de l'argent sale ; il est la couleur et l'odeur de l'argent. Comment ne pas se souvenir de l'usine fantôme près de Quindici, qui a coûté six milliards de lires et n'a jamais fonctionné ? Comment ne pas rappeler le couvre-feu rendu obligatoire pour achever la construction de l'autoroute entre Maria de Gioisa et Rosario ? Maria de Gioisa, quel beau nom pour un amour blessé, pour un souvenir meurtri ! A Villaggio Coppola — c'est un village qui n'existe pas, du moins vous ne le trouverez pas sur la carte —, j'ai vu un panneau avec cette inscription : *Fontana blu, città dell'uomo, 316 giorni di sole all'anno !* Ah ! le soleil, on l'a tellement vendu dans ce pays qu'un jour il va nous maudire.

» Elle avait dix-neuf ans quand elle tua son premier homme. Comme on dit, elle avait vingt ans et un printemps sur les bouts des lèvres. Dix-neuf ans et déjà un meurtre pour éblouir ses nuits et ravager son corps frêle et tremblant. C'est un personnage d'un roman non écrit et qui a grandi en accumulant les défis. Un roman plein de rebondissements et de malheur. Son fils, elle l'a eu en prison. Enfant de la pierre froide et des ténèbres, enfant sans lumière, sans joie. Le destin va s'acharner sur cette famille. Quand l'enfant grandira, on trouvera son corps ficelé dans un frigidaire au fond de la mer !

» Ma folie est en vous, dans vos regards incrédules ou indifférents. Tout cela vous le savez. Les journaux sont remplis de ces histoires. Nous sommes au spectacle. Nous savons tout cela et nous vivons comme si la vie était ailleurs, dans un champ d'épis verts, sur un plateau voisin des nuages.

» Moi aussi, j'ai rêvé de la croisière sur l'*Angelina Lauro* pour le réveillon de l'année dernière. Bateau fantôme pour quinze mille Napolitains naïfs. Je n'ai pas payé les cent mille lires. Je devais embarquer en clandestin. J'y ai cru. J'ai ri. Nous avons tous ri quand nous avons découvert l'escroquerie. Ah ! mes amis ! la vie serait bien terne sans ces fantaisies qui nous font rire.

» Puisque nous évoquons les fantômes, comment ne pas parler de l'Absent majeur ? Si vous avez un peu de temps et de patience, aidez-moi à faire venir sur notre scène celui dont on parle beaucoup sans qu'on sache à quoi ressemble son visage. On l'appelle l'Absent parce qu'il n'est jamais là quand il le faut ou bien quand il est là, il se fait si petit, si discret. On dit que cette absence le rend confus. Il est incapable d'être clair, de prendre une décision. C'est un drôle d'oiseau. Il rôde autour de nous, nous bouscule de temps en temps. Mais nous laisse crever. Ah ! l'Absent grandiose et équivoque, bleu comme la mer dans les yeux des brigands et des marins vivant au-dessus de ses moyens, profitant de sa réputation, instituant la loi mais ne faisant rien pour sauver ceux qui tombent victimes d'une balle perdue !

» L'Absent nous oublie, nous laisse nous dépêtrer dans nos marécages. Il n'est absent qu'au Sud, en Sicile, en Calabre, à Naples et ses environs. Il a, depuis longtemps, détourné son regard comme si cette partie du pays était vouée au malheur, faite pour alimenter les fables et les légendes. Il est absent là, présent ailleurs, comme Dieu. Mais Dieu est miséricordieux. L'autre n'a pas de visage. Il a des tribunaux, des bureaux, des caisses pour ramasser les impôts. Il est sourd à nos prières et à nos questions.

» Le Sud est peut-être une erreur, un malentendu. Serait-il une passion inutile ? Nous l'aimons. Mal, mais nous l'aimons. Nous aimons ses arbres, ses vignes, son soleil, ses femmes... Tiens, on dirait que mon micro ne marche plus. Vous m'entendez ? Que se passe-t-il ? Mais qui êtes-vous ? Laissez-moi... Je ne ne fais fais que parler... Je je... ne ne fais rien rien ien ien de mal... »

Deux hommes le ceinturèrent et l'emmenèrent dans une voiture. On ne saura peut-être jamais qui ils étaient. Des amis ? Des ennemis ? Des fantômes ? Aucun journal n'évoqua l'affaire. Il paraîtrait que Pietro serait aujourd'hui à Marrakech où, sur une grande place publique, des conteurs, sages ou fous, naïfs ou malins, racontent des histoires pour faire passer le temps aux gens qui s'ennuient.

VII

L'intimidation

La ressemblance entre les deux hommes était frappante. Ils portaient le même costume à rayures, le même feutre et marchaient en se dandinant légèrement. La trentaine, la peau bronzée et une barbe de quelques jours. Ils tenaient chacun dans la main droite un sac en plastique d'où s'échappait un liquide rougeâtre. En poussant la porte du restaurant, ils bousculèrent un vieux monsieur qui s'en allait. Sans même se retourner pour s'excuser, ils avancèrent au milieu de la salle en faisant tomber sur leur passage les chaises vides, puis ils tirèrent la nappe d'une table mise. Les verres et les assiettes s'éparpillèrent en morceaux sur le sol. L'un d'eux donna un coup de pied à une carafe d'eau qui alla contre le comptoir et se brisa. Un garçon, sans rien dire, remit les chaises à leur place, et un autre sortit un balai pour ramasser les bris de verre et de porcelaine.

Les clients avaient assisté à la scène sans broncher. Ils avaient déjà vu cela au cinéma. Certains continuaient de manger comme s'ils n'avaient rien remarqué. Les deux hommes déposèrent leurs sacs sur une table et frappèrent dans les mains pour appeler le garçon. Après avoir rangé le balai, l'un des serveurs s'approcha de la table et dit :

— Qu'est-ce qu'il y a à votre service ?

Ils éclatèrent de rire. L'un d'eux tira sur la cravate noire du garçon jusqu'à le faire se baisser au niveau de la table.

— Espèce de petit merdeux, apporte-nous du vin blanc, deux grandes assiettes et de la sauce tomate.

— Bien, monsieur !

Ils se tournèrent vers la salle et interpellèrent un jeune homme qui déjeunait avec sa petite amie :

— Hé, toi, le blondinet ! Tu crois que tu mérites d'être avec une si jolie pétasse ?

— Allez, dégage ! Ne reviens plus ici.

Ils sortirent des sacs posés sur la table des araignées de mer, des crabes, des oursins, des huîtres, des coquillages. La nappe était toute mouillée. Quand le serveur apporta le vin, l'un des deux lui dit :

— Espèce de paysan ! Tu ne vas tout de même pas nous servir sur cette table. Allez, prépare-nous la table ronde là-bas.

— Mais, monsieur, elle est occupée.

— Qu'ils partent. Sinon ça va aller très mal.

Au-dessus de cette table, un poème de Leonardo Sciascia, calligraphié et mis sous verre :

Je suis une statue mutilée sur le fond d'une eau claire. Au geste suspendu et brisé. Seul un frémissement de choses reflétées – arbres qui s'encièlent et vols rapides – peut me donner un délire du temps et en mots changer le néant.

Juste à côté, une photo du poète enlaçant le patron du restaurant.

Les deux hommes lurent à haute voix les premiers vers en éclatant de rire. L'un d'eux lança un crabe sur le cadre. Le verre se brisa. Un couple se leva et partit en vitesse. Assis, les pieds sur la table des voisins, les deux hommes dégustèrent les fruits de mer en faisant du bruit avec la langue.

Ils rotèrent en direction des clients. L'un cracha le vin. L'autre essuya ses mains sales avec le tablier du serveur et cria :

— Où est le patron ? Où se cache-t-il ? Pourquoi ne se montre-t-il pas ?

L'autre ajouta :

— Mais il a peur. Il aime les poètes.

— Moi aussi, j'aime la poésie. Écoute ça : *Ó sóle mio, Ó Sicilia…*

Ils se levèrent et portèrent un toast à un certain Giuliano et cassèrent les verres contre le mur.

— Bon. On a mal mangé. Le vin c'est de la bibine. Les clients sont des lâches. Le patron est un froussard. Les garçons sont des poètes. Voilà pourquoi la Sicile est malade.

Ils firent un tour entre les tables, renversant quelques verres. Avant de quitter le restaurant, ils frappèrent dans les mains comme s'ils voulaient obtenir le silence et déclarèrent en chœur :

— Ceci est une visite de courtoisie. La prochaine fois, le patron a intérêt à venir lui-même nous ouvrir la porte et partager notre repas.

A ce moment-là, entra un homme élégant, grand de taille, la quarantaine, un revolver braqué sur les deux malfrats :

— Le patron, c'est moi. Déshabillez-vous !

Il appela les garçons :

— Renato, Orlando, donnez-leur des balais et des serpillières. Qu'ils nettoient tout le restaurant !

Se tournant vers les clients :

— Mesdames, messieurs, excusez-nous pour ce dérangement. Nous sommes en Sicile. La pays est meurtri et n'importe quel voyou se permet de terroriser les honnêtes gens. Moi, j'ai résisté, je résiste encore, je suis seul, je refuse de me plier à la loi du plus fort. Ceci est le dernier repas que je sers. Demain, il n'y aura plus de restaurant ici. Il n'y aura plus rien.

VIII

Contrôle d'identité par un soir d'hiver à Catane

Foscolo est un homme paisible. C'est un professeur de sciences sociales à l'université de Catane. C'est un Milanais qui a du mal à trouver quelque beauté à cette ville où la couleur dominante reste le gris foncé, le gris des roches de l'Etna. Il aime bien le centre baroque de la vieille ville, mais il n'a jamais compris pourquoi le ciel prend les couleurs de l'Etna plusieurs mois par an. Il sait en revanche que la ville est contrôlée par plusieurs clans de la mafia. Il l'a souvent lu dans les journaux. Un jour que le ciel n'était pas encombré de ces nuages lourds et noirs, il décida de rentrer chez lui en traversant la vieille ville.

Arrivé au quartier Cappuccino, il tourna à droite à cause d'une déviation pour travaux. Il s'engouffra dans une ruelle tournante et se rendit compte qu'il était le seul à passer par là en voiture. Il vit, stationnée à l'entrée de la rue, une vieille Mercedes occupée par deux hommes qui avaient l'air de somnoler. Il roula lentement, quand il vit un homme armé lui faire signe de s'arrêter.

— Bonsoir, monsieur. Vos papiers, s'il vous plaît.

Foscolo sortit sa carte d'identité, son permis de conduire, la carte grise et l'assurance de la voiture.

Un homme en gabardine, debout sur le trottoir, prit tous les papiers, garda la carte d'identité puis, sans même regarder les autres documents, les lui rendit :

— Attendez un instant.

Foscolo resta assis dans la voiture, le canon d'un pistolet mitrailleur dans sa direction. L'homme à la gabardine partit consulter probablement son chef dans la vieille Mercedes. En ajustant le rétroviseur, Foscolo pouvait voir ou deviner la scène qui se passait à une centaine de mètres derrière lui. Il vit effectivement l'un des hommes dans la voiture téléphoner et faire des gestes de la tête. Au bout d'une dizaine de minutes, l'homme à la gabardine revint et lui rendit sa carte d'identité :

— Que faites-vous par ici, professeur ?

— Je rentre chez moi.

— Mais vous n'habitez pas Cappuccino.

— Oui, je voulais faire un tour avant de rentrer à la maison.

— Faire un tour, mais il n'y a rien à voir par là...

— Mais il fait beau. Pour une fois que le ciel n'est pas noir...

— C'est bon. Dorénavant, évitez de venir jusqu'ici pour contempler les étoiles. En plus, les étoiles ne pourront pas vous sauver en cas de malentendu ou de bavure ! Allez, circulez...

Foscolo démarra en se disant qu'il avait peut-être échappé à un drame. Il raconta cette histoire à sa femme qui ne parut pas étonnée. Le lendemain, il téléphona à son ami Enrico Galanti, commissaire de police.

— Tu sais, tes hommes m'ont contrôlé hier à Cappuccino.

— Mes hommes ?

— Oui, la police était hier à Cappuccino et vérifiait l'identité des passants.

— Non, je ne crois pas. Je vais me renseigner, mais je suis sûr que je n'ai pas envoyé mes agents à Cappuccino. Ne coupe pas.

Après un moment, Enrico lui dit :

— Mon pauvre ami, tu as dû avoir des hallucinations. A bientôt.

Foscolo appela ensuite le chef des carabiniers qui eut la même réaction qu'Enrico :

— Je crois que vous avez fait un mauvais rêve. Nous, quand nous opérons un contrôle, on ne se cache pas dans de vieilles voitures banalisées. Voyez les gens des renseignements militaires.

Foscolo, sans se décourager, appela le capitaine de la caserne. Celui-ci fut formel et crut à une mauvaise plaisanterie de la part d'un professeur d'université qui mélange la réalité avec l'imaginaire.

« C'est fort possible, se dit Foscolo. Dans cette ville, ni la police ni les carabiniers ni l'armée n'ont à opérer des contrôles. Tout va bien. C'est certainement un rêve, une espèce d'intrusion de mon imagination dans la grisaille de Catane. Non, je ne suis jamais passé par Cappuccino ; je n'ai pas été contrôlé et personne ne m'a parlé. J'ai dû trop travailler et j'ai eu des hallucinations. Voilà. Des visions. Bien mauvaises. On n'est quand même pas dans un pays en guerre. Je me demande même si le quartier Cappuccino existe encore. Il a dû être rasé après le tremblement de terre, ou bien il a dû être vidé lors des dernières éruptions de l'Etna. Mais hier, je suis rentré chez moi à pied. C'est ça, j'ai marché, j'ai regardé les vitrines, j'ai constaté que les vêtements coûtaient de plus en plus cher, je me suis arrêté au café et j'ai bu un grand *cappuccino,* c'est cela. Je n'ai jamais été contrôlé. Classons cette affaire. Nous sommes quand même dans un pays libre et démocratique où on n'arrête pas les gens comme ça. Non. Oublions ce mauvais rêve... »

Dans l'après-midi, il téléphona à Enrico pour s'excuser.

— Non, tu as bien été contrôlé. Regarde le journal de ce soir : deux morts et trois blessés à Cappuccino. Tu l'as échappé belle. Une famille a lancé une embuscade pour éliminer les membres d'un clan rival qui essayait de prendre le contrôle du quartier. On se voit tout à l'heure pour boire à ta santé ! Et excuse-moi pour ce matin. Je dois être bien mal informé...

Foscolo reste quelques instants hébété. Décidément, cet homme du Nord ne s'habituera jamais au charme inquiétant de ce Sud de plus en plus énigmatique.

IX

Veuve Courage

1

C'est toute une vie dévastée que Maria Rosa porte sur son visage. Une vie interrompue. Des années bafouées. L'honneur brisé. Le respect perdu. Ce visage ressemble à cette terre de Sicile, rude et blessée, malmenée par le temps et par les hommes. Un visage où chaque ride est une blessure, un affront perpétré en plein jour. Les mains de Maria Rosa sont restées jeunes. Fines et longues, elles ne correspondent pas au regard triste et lourd du visage. Ces mains ne se poseront plus sur celles de Giacomo. Elles ont fermé ses yeux avec grâce et douceur. Dernier geste d'une tendresse brutalement arrêtée. Dernière caresse en cet automne où l'herbe est rouge.

Vêtue de noir, serrant entre les mains un sac noir, elle attend. Elle ne dit rien, regarde le sol puis fixe un point sur le mur. Elle ne sait plus depuis quand elle est là, assise sur un banc, dans ce couloir où les gens passent sans la voir. Ce n'est pas la première fois qu'elle se trouve dans ce lieu, face à ce portier qui lit le journal en fumant. En fait, ce qui se passe dans le monde n'intéresse pas cet homme. Seule l'intéresse la chronique des faits divers de la Sicile. Il porte un crayon sur l'oreille et note chaque soir dans un petit carnet le nombre de morts et de blessés. Il fait des additions, tient cette comptabilité avec rigueur et assiduité. Ses commentaires, il les fait à voix haute, il ne les note pas. Aujourd'hui, il est furieux et le fait savoir : « Il n'y a plus de pudeur ! Voilà qu'à présent on fait ce qu'on ne doit pas faire : tuer des femmes ! Leonarda, Vincenza et Lucia, assassinées froidement pour punir le fils repenti. Un massacre à Bagheria. La mère, sa sœur et sa fille. Je n'ai pas vu ça depuis longtemps, depuis exactement onze ans. Il y a quelque chose qui ne va pas, n'est-ce pas votre avis, madame ? »

Maria Rosa se tourne vers lui, fait un signe d'impuissance en levant les yeux au plafond puis retombe dans ses pensées. Elle attend d'être reçue par le maire. On lui a proposé de voir un de ses conseillers. Elle a refusé. Elle tient à parler directement avec le maire. Elle attend. On lui a dit qu'il était en réunion à l'extérieur et qu'on ne savait pas quand il reviendrait. Elle a appris la patience et connaît les lueurs du temps. Son visage est blanc. Une blancheur inquiète. Ce n'est pas de la pâleur, mais la couleur de la stupeur qui dure. Une expression difficile à cerner, entre la colère rentrée et une douleur qui irrigue la mémoire. Comme un sang qui n'est plus le sien.

Qui aurait dit qu'un jour Maria Rosa se trouverait dans ce couloir, sur ce banc en bois, à attendre ? Qui aurait pensé que ces mains toujours gantées seraient aujourd'hui nues et incertaines ? Le portier a fini de lire le journal. Il le plie soigneusement et sort des billets de loto où il coche des cases. Ce n'est pas le loto officiel.

Celui-ci est clandestin. Si peu clandestin. Tout le monde le sait et personne n'en parle.

Maria Rosa se lève, fait quelques pas, puis s'arrête devant la fenêtre. Elle regarde la grande avenue, Via Roma, et esquisse un sourire. C'est la lumière douce et paisible de cette journée qui l'arrache à sa mélancolie. Elle se souvient d'une promenade avec Giacomo à Gibellina, une année avant qu'elle ne soit engloutie par le tremblement de terre. C'était l'année de leur mariage. 1967... Giacomo n'avait pas encore sa boucherie. Il travaillait chez un éleveur de chevaux originaire de Gibellina. Avec Maria Rosa, il aimait marcher dans le bois, ramasser les champignons et manger sur la colline.

Aujourd'hui, plus rien n'est à sa place. La petite ville sur la colline n'existe plus. C'est un amas de ruines. Ce souvenir est lui-même irréel. L'a-t-elle inventé, juste pour passer le temps en ce matin lent et difficile ? Pourtant, elle revoit le corps de Giacomo étendu sur l'herbe, faisant semblant de dormir, avec à côté un panier plein de champignons et une bouteille de vin de la région. Ce devait être un dimanche. Ils étaient invités à déjeuner chez les parents, mais ils ont préféré la promenade dans le bois. Giacomo n'aimait pas les repas interminables du dimanche où le père mangeait tout en écoutant la retransmission du match de football, où la grand-mère toujours en noir faisait la cuisine et refusait de se mettre à table. Son bonheur était de voir ses enfants et petits-enfants manger sa nourriture. Ce dimanche-là, elle n'était pas contente. Son petit Giacomo avait fugué avec sa fiancée ! Maria Rosa entend encore les plaintes de la grand-mère le soir. Elle sourit à peine puis s'assoit de nouveau sur le banc. Un des conseillers du maire passe puis se retourne :

— Vous êtes bien Maria Rosa ?

— Oui, monsieur. J'attends le maire.

— Je peux faire quelque chose pour vous ?

— Non. Rien. Merci.

— Vous savez, j'ai suivi votre affaire. C'est inadmissible ce qui vous arrive. Votre avocat est un ami. Nous avons été scandalisés par les résultats de l'enquête et du procès.

— Vous connaissez maître Pietro Serchio ?

— Oui, c'est un ami d'enfance. Voulez-vous un café, un thé ou autre chose ?

— Non. Merci. Vous êtes bien aimable. Je vais attendre jusqu'à la fermeture des bureaux puis je reviendrai l'après-midi.

— En tout cas, dès qu'il arrive, je le préviendrai.

Le conseiller entre dans un bureau. Le couloir est vide. Le portier a ramassé ses affaires et somnole sur sa chaise. Le téléphone sonne. Il sursaute et répond :

— Oui, monsieur le maire, entendu, monsieur le maire...

Maria Rosa se lève. Elle voudrait lui parler. Mais le portier a déjà raccroché.

— Il ne rentre pas ce matin.

2

Les chevaux n'aiment pas le sang. Le sang des hommes encore moins. Sa vue les énerve. Cette nuit, beaucoup de sang a coulé à l'étable de la piazza Scaffa à

Palerme. Un sang jeune et vif. Au début, les bêtes se sont affolées. Les balles n'ont pas fait beaucoup de bruit. Ce sont les hommes qui, en tombant, ont gémi jusqu'au dernier souffle. Les chevaux n'ont pas pu dormir. Ils ont veillé les morts. Huit corps sous les pattes des chevaux. Sept corps avec chacun un trou, un seul, au niveau du cœur ou entre les yeux. Le huitième a reçu deux balles, dont une dans le dos. Il a dû faire un geste après la première balle. Quelques éclaboussures de sang sur les cuisses et les pattes des bêtes. Les yeux grands ouverts, irrigués par un liquide blanchâtre et brillant, les chevaux ont tout vu tout entendu. Ils ne bougent pas. Deux corps ont été tirés à deux mètres des chevaux. On voit les traces rectilignes de corps en sang. Qui les a déplacés ? Les tueurs ne connaissent pas ce genre de pitié. On a dû conclure que ce sont des parents qui, alertés, sont venus reconnaître les victimes. Ils les ont soustraits aux pattes des chevaux qui risquaient de les piétiner.

L'étable est noire. La nuit est longue. C'est une nuit d'automne où la lumière tarde à apparaître. Un grand silence pèse sur ce lieu. Un silence lourd où le temps a été immobilisé, figé comme les yeux des bêtes.

Par terre, le sang a circulé selon un schéma simple et géométrique. Des lignes verticales comme les barreaux d'une cage. Les corps sont disposés l'un à côté de l'autre, méthodiquement. Ils sont bien rangés. On dirait qu'ils sont simplement plongés dans un profond sommeil. Certains ont encore les yeux ouverts. Aucune main n'est venue les fermer. Les deux corps déplacés ont les yeux fermés et les bras croisés. Leur sang a formé une flaque, un cercle mal dessiné.

Par terre, des douilles. Neuf douilles. Sept de calibre douze. Deux de calibre neuf.

La nuit couvre la ville comme un manteau de malheur. On attend le lever du jour pour découvrir les cadavres. La place est grise. Personne ne passe par là à cette heure-ci. Des voitures sont stationnées tout autour de la place. Pas loin de là, « La Boucherie du printemps ». Sur le rideau, une affiche à moitié déchirée pour un concert de musique de chambre. Une autre affiche, plus récente, annonce la tenue d'un colloque international sur l'architecture en Méditerranée. Un vent doux fait trembler une partie décollée de l'affiche. Un vélo est démonté sur le trottoir. « La Boucherie du printemps » a une belle enseigne : c'est la tête d'un cheval moulée dans du plâtre et peinte en rouge vif. En bas de l'enseigne est écrit en petits caractères : Maria Rosa et Giacomo. Deux drapeaux, l'un de la ville de Palerme, l'autre de l'Italie, sont accrochés de chaque côté du magasin.

La rue est déserte. Un camion traverse la place. Il vient de Catane ou de Messine. L'air est frais. Le ciel est gris. Peu ou presque pas d'étoiles.

Le matin va se lever sur huit hommes abattus au début de la nuit. Une nuit sans bruit. Une nuit calme, presque banale.

Maria Rosa a dormi tôt. Elle sait que Giacomo est à Bari et qu'il ne rentre que vers neuf heures du matin. Elle a fermé la boutique vers huit heures. Elle a fait la caisse, payé les employés, réglé quelques factures ménagères, puis est rentrée chez elle. Ce soir, les garçons sont sortis. Les filles sont trop jeunes pour passer la soirée dehors. Avant de s'endormir, elle a téléphoné à l'hôtel de Malte à Bari où son mari a l'habitude de descendre.

Une première fois, c'était occupé ; une deuxième, personne ne répondait. Elle s'est endormie assez rapidement. Elle n'a pas fait de rêve. Elle a pensé à Giacomo en se demandant ce qu'il pouvait faire à cette heure de la nuit à Bari. « Il doit jouer aux cartes avec Pancho Villa. » C'est le surnom du propriétaire des chevaux. On l'a surnommé ainsi à cause de son physique. Elle a dormi en regardant la télévision. Les filles se sont disputées pour rien. Parfois, elles s'amusent en se jouant la comédie. Il fait un peu froid. Elle tire la couverture vers elle et se couvre la tête. Cela lui rappelle quand elle était petite et qu'elle dormait chez sa tante à la montagne, sans chauffage. C'était une femme admirable. On dit que son mari était un des lieutenants de Salvatore Giuliano. Il serait mort en défendant un ami. Il devait être un homme d'honneur. Ce n'était pas un bandit. Maria Rosa a une pensée pour sa tante, de noir vêtue. Une femme qui a peu connu son mari. Elle a très tôt porté le deuil.

Le téléphone sonne. Elle ne l'entend pas. Au moment où elle tend la main pour prendre le combiné, la sonnerie s'arrête. Elle se remet au lit, agacée et un peu inquiète. Il est cinq heures. Le soleil se lève vers sept heures. De nouveau le téléphone. Elle se précipite, le cœur battant. Elle tremble. A l'autre bout du fil une voix rauque et lente :

« Maria Rosa, je suis désolé de vous réveiller au milieu de la nuit. Il faut aller à l'étable. Tout de suite, avant le lever du jour. Quelqu'un vous attend là-bas. Je suis désolé de vous avoir dérangée. Au revoir, Maria Rosa... »

Elle n'a pas le temps de poser une question. L'homme

a raccroché. Elle n'a jamais entendu cette voix auparavant. Pourquoi tant de précaution ? Elle s'habille vite. « Giacomo ! » Elle répète à l'infini ces trois syllabes. Plus elle les prononce, plus elle a une certitude : il est arrivé un malheur. Dans la rue déserte, elle court. Elle se retourne de temps en temps. Personne ne la suit. Elle se dit que c'est peut-être une mauvaise plaisanterie. Non. Elle sait. Elle est sûre à présent. Elle se souvient des coups de téléphone répétés ces jours-ci de Tito qui voulait savoir où joindre Giacomo. Elle lui a dit qu'il était parti à Bari voir Pancho Villa. Tito est leur fournisseur. Il est à Catane. Pourquoi pense-t-elle à cet homme en ce moment précis ? Elle court, essoufflée. Elle aperçoit la camionnette de Giacomo garée devant l'étable. Il y a d'autres voitures, toutes mal garées. Certaines ont les phares allumés. La porte de l'étable est grande ouverte. On aperçoit les chevaux immobiles. Elle voit des gens de dos. Des femmes surtout. Elle se précipite. Elle hurle : « Giacomo ! » D'autres femmes accourues plus tôt pleurent sur les corps par terre. On entend la sirène des ambulances puis celle des voitures de police. L'étable est illuminée de tous les côtés. La télévision est arrivée avant la police. Un cameraman se glisse entre les pattes d'un cheval pour avoir un bon angle de prise de vues. Sa veste est tachée par le sang. Il filme les visages ruinés par la douleur, ravagés par le malheur. Il crie pour que l'éclairagiste le suive. Des mains essaient de tirer un corps. La police intervient en disant de ne toucher à rien. Le chef de la police prend des notes dans un petit carnet. Il marque des noms de personnes et de lieux. Il pose une ou deux questions à des femmes en larmes. Elles ne répondent pas. Une femme crache par terre quand il s'approche d'elle. Les ambulanciers commencent à dégager les corps sous les pattes des animaux. Deux brebis courent, affolées. Le jour se lève. Une lumière douce couvre Palerme. Le ciel est blanc. La rue s'anime. De plus en plus de voitures s'arrêtent devant l'étable. Maria Rosa marche seule dans la rue, les mains serrant sa tête. Elle ne sait pas où elle va. Des images défilent dans sa tête : le visage crispé de son mari surpris par les tueurs. La balle en plein cœur. La veste inondée de sang. Avant de partir à Bari, il l'avait embrassée devant les enfants. Il n'avait jamais fait cela. Elle s'arrête dans un coin et pleure en silence. Elle cache son visage. Des images d'horreur se mélangent avec des souvenirs heureux. Elle arrive devant la boucherie. Déjà, une foule de curieux alertés par la radio est devant le magasin. Dès qu'elle voit cet attroupement, elle fait demi-tour pour l'éviter. Des journalistes la reconnaissent et courent derrière elle. Ils lui posent des questions. De la main, elle les repousse.

« Qui a fait ça d'après vous ? » « Qui est derrière ce massacre ? » « C'est une main proche ou lointaine ? » « Votre mari avait des ennemis ? » « Qui vous a prévenue ? » « Allez-vous porter plainte ? » « Avez-vous un avocat ? » « Que faisait-il à minuit à l'étable ? » « Quelles sont les sept autres victimes ? Sont-elles de la famille ? » « Avez-vous eu des menaces ? » « Allez-vous fermer la boucherie ? » « Quel âge ont vos enfants ? » « Allez-vous vous venger ? »

Elle se bouche les oreilles et se met à courir. Les journalistes l'abandonnent. Maria Rosa rentre à la maison et ferme les volets.

3

Maria Rosa ne sort plus de la maison. Elle s'est habillée en noir et passe ses journées sur un fauteuil à penser tout en somnolant. La boucherie est fermée. Elle a rédigé un écriteau et l'a fait mettre sur le store : « Fermé pour cause de malheur inconsolable. » Les gens qui passent s'arrêtent devant sans faire de commentaires. Ils n'ont pas l'habitude de lire ce genre de phrases pour annoncer un décès. Maria Rosa a refusé de faire imprimer les affiches de faire-part qu'on colle sur les murs. Giacomo est mort. Cela n'a rien à voir avec la croix de Jésus. Donc pas d'affiche surmontée d'une croix. De toute façon, la presse a fait le nécessaire et même plus. La photo des victimes est parue dans tous les journaux d'Italie. Un journal a même titré : « 9 balles pour 8 hommes : quelle prouesse ! » Il y a eu trop de bruit autour de cette affaire. Comme les journalistes ne connaissent pas la vérité, ils lancent des hypothèses, parlent de la mafia à cause de la technique de l'exécution. Pas de bavure. Si pourtant : trois hommes étaient à l'étable par hasard ; ils étaient venus déposer des brebis chez Giacomo juste pour la nuit. C'étaient des éleveurs de Trapani qui devaient livrer du bétail à des bouchers de Palerme. Une panne de leur camion les avait retardés. Sinon ils n'avaient pas prévu de passer la nuit à Palerme. Ils sont morts à cause de la panne. Leur famille peut faire un procès à la Fiat, responsable d'un défaut de fabrication dans la camionnette encore neuve. C'est tout. Quant aux tueurs, personne ne les connaît. C'est toujours ainsi. Les exécutants ont bien réalisé leur mission. Bien fait. Vite fait. Ils ont disparu. Ils sont peut-être ailleurs, dans une autre région, en train de mettre sur pied une autre exécution. Maria Rosa ne pense pas à eux. Elle sait, par déduction, qu'ils n'ont pas été plus de trois. Elle pense à la main qui les a dirigés. Elle ne parle pas, laisse le téléphone sonner. Elle rumine ses pensées. Paolo et Rocco, ses deux fils, ne disent rien non plus. Ils ne sortent plus le soir et ne vont plus au lycée. Les études ne les intéressent pas beaucoup. La police est venue plusieurs fois poser des questions à Maria Rosa. Elle dit et répète qu'elle ne sait rien et qu'elle n'a rien à dire, rien à avouer. Elle observe le silence comme c'est l'habitude dans cette région. On ne se confie pas à la police. On ne l'aide pas non plus. Quand la police vient, les deux fils entourent leur mère. On ne sait pas s'ils la protègent ou s'ils la surveillent. Les rapports sont tendus. Maria Rosa se sent seule, isolée et sans défense. Elle sait qui a commandité le crime. Elle sait par intuition. Elle a mis bout à bout un certain nombre de faits depuis ces six derniers mois, depuis que Giacomo a décidé d'aller acheter les chevaux à Bari et non plus à Catane. Elle se souvient des appels pressants de Tito. Il téléphonait plusieurs fois par semaine. Elle se rappelle aussi le jour où Tito est arrivé à la boucherie accompagné de deux jeunes gens. Il a parlé avec Giacomo dans l'arrière-boutique. En sortant il était contrarié ; il a renversé un bac plein d'abats et de sang. Il s'est excusé puis a disparu. Giacomo n'a rien voulu dire à sa femme.

Maria Rosa n'en peut plus de ce silence. Elle profite de l'absence de ses fils pour appeler sa vieille amie Carla :

« A toi, je peux tout dire. Je n'ai pas de preuve. Mais

je sais que la main est de Catane. C'est une histoire banale. Mon mari a voulu se passer des services d'un intermédiaire ; il s'est adressé directement au fournisseur de Tito. Tito n'a pas apprécié. Il est venu plusieurs fois pour empêcher Giacomo d'aller chez Pancho Villa à Bari. Je ne sais pas s'il l'a menacé. Peut-être pas. En tout cas, mon mari ne m'a pas tenue au courant. Pour Tito, le manque à gagner était important. Nous avons la boucherie chevaline la plus importante de la ville. En changeant de fournisseur, on touchait aux intérêts de Tito qui craignait aussi que les autres bouchers suivent l'exemple de Giacomo. Au début, mon mari lui disait qu'il était obligé de se fournir à Bari à cause des contrôles vétérinaires. La viande qui transitait par Catane n'était pas homologuée puisque Tito ne la déclarait pas aux autorités.

» C'est de ma faute ! Giacomo m'avait bien dit que si Tito ou un de ses collaborateurs téléphonait, il ne fallait pas dire qu'il était à Bari. Or, j'avais oublié, ou plus exactement Tito m'a surprise. Il m'a dit : “ Giacomo est bien à Bari, n'est-ce pas ? ” et sans réfléchir j'ai dit oui. Il a raccroché et là, je me suis rendu compte que je venais de commettre une erreur.

» Ah, ma chère Carla, j'ai trop mal. Je n'en peux plus. On a tendu un piège à mon mari. Tito connaissait bien l'étable. C'est un assassin. Il doit subir le sort que méritent les assassins. La justice ! Quelle justice ? Tu ne vois pas qu'on les libère tout le temps par manque de preuves, comme si eux avaient besoin de preuves pour tuer et massacrer.

» Quel malheur ! En plus, il faut se taire, ne rien dire, ne rien faire. Mes fils m'ont déjà prévenue : si je parle, ils s'en iront ; ils me laisseront tomber. Parce que, dans cette famille, il faut garder le silence. Et moi, je suis à bout. Le silence pèse lourd. Il fait des trous dans le corps. Mes nuits sont cernées par ce silence qui m'empêche de dormir. Heureusement que je peux parler avec toi. Il faut que je reprenne le travail. Tout le monde m'a conseillé de rouvrir la boucherie. Je le fais dès demain. Je vais appeler le fournisseur de Bari et lui commander la viande. »

Comme après un coup de tonnerre, elle vit toute la vérité avec certitude et conviction, tel un éclair que rien ne peut démentir. Mais en dehors de Carla, il n'y a personne à qui se confier. Surtout pas au juge. Il a déjà essayé. Elle a failli tout déballer mais la pression de ses fils l'en a dissuadée.

Quelques jours plus tard, le juge Bertucelli la convoque.

4

Assise sur une chaise dans une antichambre, elle attend. Convoquée à neuf heures. Elle est arrivée à l'heure. En rentrant, elle s'est sentie dépossédée, un peu nue. Sa photo est en première page de tous les journaux, en médaillon, à côté de la photo du massacre où on voit mieux les chevaux que les corps par terre. Le titre d'un journal est en gros caractères : « Grâce à cette femme, on saura qui est l'auteur du massacre ». Le ton est donné. Maria Rosa est appelée à témoigner ou du moins à aider l'instruction. Elle attend et pense à ce qu'elle va dire. Elle fait puis défait des bouts de phrases du genre :

« Je fais confiance à la justice de mon pays... » ; puis elle se dit : « Ce n'est pas sérieux ! Qui va me croire ? »

Un des portiers lui apporte un café et un verre d'eau. Elle accepte et dit quelques mots de remerciement. D'habitude elle le boit amer, cette fois-ci elle le sucre. Le même portier lui apporte une pile de journaux. Elle refuse de les lire. L'homme insiste. C'est de la part de M. Bertucelli. Il y tient. Elle les regarde. Elle est gagnée par la nausée. Ça doit être le sucre dans le café. Elle n'en a pas l'habitude. Elle jette un regard sur la page des faits divers : des morts à Marsala, à Mazara del Vallo, à Naples... Elle additionne mentalement l'âge des victimes, puis calcule la moyenne : trente et un ans et trois mois. Giacomo avait cinquante-deux ans, quatre mois et trois jours. A leur mariage, elle avait vingt-deux ans et lui trente. Elle plie les journaux de manière à ne plus voir les titres de la première page.

Une porte s'ouvre. Un secrétaire l'appelle et la fait entrer dans le bureau du juge. C'est la première fois qu'elle entre dans un tel lieu. Elle regarde le portrait du président de la République. Il ne lui inspire rien. Pas de respect en tout cas. Un peu d'indifférence. Mais elle se demande à quoi il sert. Elle n'est pas là pour se poser ce genre de questions. Le juge regarde lui aussi le portrait puis dit :

— C'est un symbole. C'est tout.

Elle s'assoit en face du juge. A côté, un secrétaire ouvre un dossier et s'apprête à prendre des notes.

Le juge :

— Avez-vous réfléchi, madame ? Êtes-vous prête à aider la justice à faire découvrir la vérité dans cette affaire ?

— La vérité, monsieur le juge, je ne la connais pas. Ou si vous voulez, dans ce pays la vérité tout le monde la connaît, mais personne n'est capable de la prouver. Donc, ça ne sert à rien.

— Ne soyez pas si pessimiste. Nous savons que vous êtes en mesure de nous aider dans notre enquête. Alors il faut décider de parler.

— Non. Je n'ai rien à dire.

— Vous ne portez pas plainte, autrement dit, vous ne vous constituez pas partie civile dans l'assassinat de Giacomo B., votre époux ?

— Ça ne sert à rien.

— Puisque vous persistez dans votre refus, je vais vous faire entendre un enregistrement qui va vous faire changer d'avis.

Le secrétaire appuie sur une touche d'un magnétophone puis on entend la voix de Maria Rosa dire : « Je sais que la main est de Catane... »

Maria Rosa écoute toute sa confession à son amie Carla que la police a enregistrée.

Curieusement, elle ne se met pas en colère. Elle lance un regard au juge, demande si elle peut avoir un autre café et dit :

— Puisque vous savez d'où viennent les tueurs, qu'attendez-vous pour les arrêter et les inculper ?

— C'est pour cela que je vous ai convoquée, madame. Je voudrais avant tout vous dire combien j'ai été bouleversé par ce qui vous arrive. Croyez-moi, madame, c'est en tant qu'homme et citoyen de ce pays que je vous parle. Et puis, si nous laissons faire chaque fois, tout, absolument tout leur sera permis. Cette affaire est scandaleuse à plus d'un titre. Peut-être qu'on n'arrivera pas jusqu'au bout, mais il faut riposter. Nous sommes des gens de droit, et nous voulons que notre pays reste un État de droit, c'est-à-dire de loi et de justice. Merci de me comprendre. Passons à présent à votre déposition.

— Je confirme ce que j'ai confié au téléphone à mon amie.

— C'est-à-dire... vous pouvez répéter pour nous ?

Maria Rosa rappelle les faits et donne des détails. Par exemple, le jour où Tito est arrivé à la boucherie, il était dans une Volvo bleue. Il était accompagné de ses neveux Octavio et Michele. Maria Rosa leur avait servi du vin blanc qu'ils ne burent pas. Elle donne aussi des dates précises, le nombre de fois où Tito est venu à la boucherie :

— Tito téléphonait presque tous les jours. Il avait la même manière de poser ses questions. Il disait : « Alors, il va devenir sage ou pas ? » Je ne comprenais pas ce qu'il voulait dire par là. Mon mari ne me mettait pas au courant de toutes ses affaires. Un jour, il est parti à Catane pour s'expliquer avec Tito. En rentrant, il était de mauvaise humeur, mais il n'a rien voulu dire. Quelques jours après, il s'est rendu à Bari puis il est revenu les mains vides. Il m'a dit cette fois-ci que Pancho Villa avait subi des pressions de la part de Tito pour ne pas lui vendre des chevaux à abattre. Il est parti plusieurs fois à Bari jusqu'à réussir à convaincre le fournisseur principal de faire des affaires avec lui. Les six derniers mois, Giacomo se fournissait directement à Bari. Tito n'existait plus. Cela l'a rendu furieux. Mais de là à tuer c'était impensable...

— Vous avez dit « tuer », donc vous accusez Tito d'être l'auteur de l'homicide à l'étable...

— Non, je ne peux pas accuser comme ça. Il faut des preuves. Là, je n'ai que des déductions. Il faut dire aussi que Tito était toujours accompagné de ses deux neveux.

— Mais comment Pancho Villa a fini par accepter de fournir votre mari malgré les pressions venues, d'après ce que vous affirmez, de Palerme ?

— Un jour, Giacomo s'est présenté à l'étable de Pancho Villa au moment où des éleveurs lui livraient plusieurs camions de chevaux. Pancho Villa ne pouvait plus mentir et dire qu'il n'avait pas de marchandise. Il a vendu des chevaux à mon mari tout en pestant. Mais Giacomo était content comme un enfant parce qu'il remportait là une victoire !

— Une victoire qui allait précipiter sa perte !

— Oui, monsieur le juge. Comme vous dites, sa perte... et puis la nôtre, la mienne et celle des enfants.

5

Maria Rosa est assise sur le même banc face à la porte du bureau du maire. Elle attend, ajuste son foulard de soie noire sur la tête, serre entre les mains son sac posé sur les genoux et évite de regarder dans la direction du portier. Son journal lu, il note à présent les morts dans son petit carnet. De temps en temps, il crache dans une boîte métallique qui lui sert en même temps de cendrier. Il s'essuie les lèvres avec la manche de sa veste. Il est enrhumé. Maria Rosa se lève et lui offre un paquet de mouchoirs en papier. Il la remercie et lui dit : « Je m'appelle Galanti, madame. Je ne sais pas pourquoi, et je ne sais pas ce que cela veut dire, mais on m'appelle

Gala. Après tout, je m'en fous. Vous, je sais comment vous vous appelez et je connais – hélas ! – tous les noms de votre famille. C'est dramatique. Ici, non seulement la mort vous enlève votre être le plus cher mais elle vous déshabille, elle vous met à nu ; la mort ou la presse... elles vivent ensemble. Elles ont besoin l'une de l'autre. Vous savez, madame, j'ai compté tout à l'heure les morts de ce week-end : onze. Ça a rempli quatre pages du journal. Sans ces onze morts, croyez-vous que le journal aurait pu se vendre ? C'est comme ça. Moi, je tiens ma comptabilité. Elle est là, sous le coude. Dans l'année, on dépasse généralement les trois cents morts. Je ne parle pas des accidents de la route ou des incendies. Je parle de la mort par pistolet ou fusil. Il y a maintenant ces fusils à canon scié. C'est terrible. J'ai appris beaucoup sur les armes, rien qu'en lisant les journaux. Palerme ! Palerme aurait pu être une belle ville, une ville propre, humaine. Elle ne laisse personne indifférent. Enfin, si vous avez besoin de quoi que ce soit, n'hésitez pas, je suis là. Il suffit d'un signe... »

Aujourd'hui, il pleut sur la ville. Les murs sales, presque noirs, sont encore plus tristes. Du couloir, on aperçoit les nuages. Le ciel ne lui inspire rien. Pas même de la colère. Et pourtant, il y a tant et tant de colère retenue dans son cœur. Quand elle est rentrée de chez le juge, elle a trouvé Paolo et Rocco sur le seuil de la maison. Le plus jeune, Paolo, serre les dents et la bouscule pour la faire entrer. Rocco retient les bras de son frère connu pour ses crises de nerfs. Dès qu'ils sont arrivés dans le séjour, Paolo, de rage, se cogne la main droite fermée contre l'armoire. Il brise le bois. Il se retourne vers Maria Rosa et crie :

— J'ai honte. Je suis plein de honte. Je ne pourrai plus jamais me montrer dans cette ville. Trahi. Je suis trahi. Tu nous as trahis. Quelle misère ! Jamais dans aucune famille qui se respecte, on a vu une mère se conduire de la sorte. Tu as sali notre nom. Notre honneur est bafoué. Nous n'avons plus d'honneur. Parler avec ces salauds, se confier à un juge ! Mais tu te rends compte de ce que tu viens de faire ? Tu nous as ruinés.

Rocco essaie de le calmer. Il le repousse puis se met à sangloter. Maria Rosa ne dit rien, ne fait aucun geste, elle laisse passer la crise. Rocco lui parle sans crier :

— Entre toi et nous, il y a un mur, le mur de la honte. Tu sais ce que tu as fait. Tu veux venger notre père ? Eh bien, tu as choisi la voie qui n'aboutit à rien. Tu verras. Les juges vont faire des dizaines d'interrogatoires. Ils vont chercher des preuves. Ils n'auront rien. Ni preuves, ni coupables. Toi tu as parlé. Tu as rompu le contrat. Tu as plus fait confiance au bruit qu'au silence. Or ici, tout se règle en silence. Tu le sais. Ce n'est pas à moi de te l'apprendre. Paolo et moi, nous partons. Adieu.

Ils sont partis, emportant quelques affaires. Ils n'ont pas pris leurs livres de classe ni leurs cartables. Maria Rosa n'a pas essayé de les retenir. Elle est seule. Elle le sait depuis la minute où elle est entrée dans le bureau du juge. Que ses propres enfants l'abandonnent, cela la bouleverse mais elle n'a pas le droit de montrer ses sentiments. Elle essaiera plus tard de les convaincre de sa démarche. Seule Carla la soutient. Elle l'a appelée. Elles ont parlé. Maria Rosa n'a pas pleuré.

Les deux filles, malmenées par leurs camarades à l'école, ne savaient quoi dire. Pour toute défense, elles pleurèrent puis refusèrent de continuer à fréquenter cet établissement. Maria Rosa décida de les confier à sa mère, à Caserte, où elles furent inscrites dans une école dirigée par des religieuses.

Le maire est un homme jeune et sympathique. Il a étudié son dossier. Il ouvre la porte et vient vers elle :

— Excusez-moi, madame, de vous avoir fait attendre. Les réunions sont une calamité. Si, au moins, ça servait à quelque chose ! Venez avec moi.

Le portier arrive et lui tient la porte en lui souriant. Elle s'assied puis regarde autour d'elle. Au-dessus du bureau, le même portrait officiel du président de la République.

— Que puis-je pour vous, madame ? J'ai suivi toute votre affaire. Je suis désolé. Le verdict est scandaleux. Mais je crois que la justice a fait ce qu'elle a pu. Quand on reste dans la légalité et le droit, il est difficile de confondre des tueurs professionnels. Enfin, que puis-je faire pour vous aider ?

Maria Rosa le regarde, réfléchit puis dit :

— Me donner du travail.

— Du travail ?

— Oui, monsieur le maire. Il n'y a que vous pour m'aider à trouver du travail.

— Et la boucherie ?

— A partir du moment où j'ai décidé de me constituer partie civile dans le procès contre la bande de Catane, j'ai été du jour au lendemain abandonnée par tout le monde, à commencer par ma famille et mes propres fils. Plus personne n'entrait dans le magasin. Les consignes du boycott étaient sévères. Bien entendu, aucun marchand de viande n'a accepté de me fournir. Au bout d'une semaine, c'était l'asphyxie. J'ai fermé la boutique et j'ai jeté sur la place publique les quantités de viande invendue. On a voulu, en plus, me faire payer une amende pour avoir sali la rue, comme si Palerme était une ville propre. Enfin, monsieur le maire, le propriétaire du magasin est venu réclamer les clés plus une année de loyer. Or, on a toujours payé le loyer. Mon mari ne réclamait pas de reçus. Il y avait la confiance et cela durait depuis vingt ans. Tout le monde s'est retourné contre moi. A présent, je n'ai plus d'argent. J'ai payé les dettes et je me trouve aujourd'hui non seulement seule mais pauvre. Mes deux fils ont quitté la maison. Ils ne vont plus à l'école. Je n'ai pas de leurs nouvelles. J'ai besoin de travailler. N'importe où. Faire n'importe quoi.

— Je vais voir ce que je peux faire. Je vous promets que je ferai tout ce qui est possible pour vous aider. Permettez-moi de vous dire que non seulement je suis avec vous mais que j'admire votre courage !

Le courage ! C'est le mot qui revient souvent dans ses conversations avec Carla. C'est le mot qui conclut aussi ses entretiens avec Pietro Serchio, son avocat.

6

Pietro Serchio est plutôt jeune, grand de taille avec une chevelure abondante dont il ne sait quoi faire. Il est toujours en train de ramener en arrière les grandes mèches noires qui lui tombent sur le visage. Quand il plaide, ce geste machinal devient une sorte d'appui, comme une virgule dans une phrase, un bref temps d'arrêt. Maria Rosa s'est adressée à lui parce qu'elle savait qu'il était le seul, ou presque, à accepter de la défendre. Dans son petit bureau au plafond bas et mal éclairé, il a étudié longuement le dossier avec Maria Rosa. Il lui a dit :

— Normalement, nous avons un bon dossier. Je pense qu'on pourra coincer Tito et ses deux neveux. Tito a eu la maladresse de se contredire. Il a commencé par nier avoir mis les pieds à Palerme, même en touriste. Ensuite, il a été obligé de reconnaître être venu un jour par hasard rendre une visite de courtoisie à votre mari. Ses neveux ont, eux aussi, reconnu avoir accompagné Tito plus d'une fois à Palerme. Mais cela ne nous suffit pas pour prouver qu'il a été l'instigateur du crime. Il va falloir démontrer que Pancho Villa était au courant du projet de Tito de supprimer Giacomo et que, pour pouvoir opérer hors de Catane qui est son territoire, il a dû avoir la permission de Bruno di Palermo, celui qui, comme tout le monde le sait, contrôle le quartier où le crime a eu lieu. Le procureur de la République a lancé un mandat d'arrêt contre di Palermo. Il est en fuite. Et généralement, ce genre de personnage n'apparaît pas si vite. Il y a tellement de complicités qu'il est pratiquement impossible de lui mettre la main dessus. Et même si on l'arrête, il faudra prouver sa propre complicité ou sa bénédiction dans l'exécution du massacre. Je sais aussi que vous le connaissiez. Il venait de temps en temps voir votre mari. Ils n'étaient pas en très bons termes. Par ailleurs, Pancho Villa a reconnu avoir reçu des appels de Tito lui interdisant de vendre à Giacomo. Quant aux neveux, l'un a fourni un alibi solide pour la nuit du crime. L'autre s'est emmêlé les fils et n'a pas pu dire où il était au moment du crime. Mais ce n'est pas suffisant... Le fait que Bruno di Palermo soit en fuite prouve qu'il est, d'une façon ou d'une autre, impliqué dans cette affaire. En tout cas, un tel règlement de comptes est impensable sans son aval, pour ne pas dire plus. Pour le moment, la justice garde les deux neveux de Tito reconnus pour avoir été impliqués dans d'autres homicides. Il faut remarquer aussi que ce crime a été commis trois semaines après l'arrestation de quatre cent soixante-seize personnes grâce au repenti Buscetta. On peut en conclure que l'assassinat de votre mari a arrangé aussi bien Tito qui voulait se venger de ses amis, ici à Palerme, lesquels essaient de prouver qu'ils sont toujours là et qu'ils peuvent agir. Tout cela est compliqué mais nous avons une chance d'arriver à condamner les coupables.

Maria Rosa le regarde puis avoue son désespoir :

— Vous savez, la police a déjà dit que c'était un règlement de comptes, donc pour elle, Giacomo n'est pas tout à fait innocent.

— Pour le moment, il faut démontrer la culpabilité de ceux que vous soupçonnez fortement, même si votre mari a eu de mauvaises fréquentations. Et puis, il y a aussi ce personnage qui se fait appeler Don Francisco et qui est un petit intermédiaire, probablement un agent de Tito. C'est lui qui a présenté votre mari à Tito, je crois ?

— Ah ! Francisco ! Il se présentait comme un ami de la famille. Il se disait « commandante » et prenait des allures militaires. Il était presque drôle. Pas méchant mais pas très malin non plus.

— Il a disparu. On ne sait pas où il est.

— Ne vous en faites pas. On a dû l'éloigner parce que

c'est un bavard. Il réapparaîtra avec son bâton de maréchal imaginaire et ses pellicules sur le col de sa veste noire. Dites-moi, pourquoi avoir accepté de me défendre ?

Pietro Serchio la regarde, joint ses mains et les porte à ses lèvres pour mieux réfléchir, reste silencieux un moment puis dit :

— Si vous avez pris le risque de vous constituer partie civile, chose rare dans ce pays, si vous, vous croyez en cette justice, il est de mon devoir de vous défendre, même si nous avons peu de chance de gagner. Vous comprenez, vous avez vécu dans cette ville sans jamais savoir comment ni pourquoi la justice, la loi, le droit échouent à arrêter la criminalité. Palerme est peut-être une belle ville. Je ne m'en rends plus compte. Mais on dirait qu'elle n'est pas faite pour la vérité.

Il s'arrête un instant, regarde la ville par la fenêtre et continue à parler comme s'il s'adressait à un auditoire composé d'un grand public :

— Du moins, on peut la connaître — mais personne ou presque personne n'a la dignité de la révéler. C'est une question étrange. On dirait un principe, une loi non écrite. La criminalité n'est pas le fait du hasard ou une vue de l'esprit. C'est une réalité quotidienne et concrète. Et l'État fait semblant d'être là. C'est une formalité, je veux dire une absence. On pourrait d'ailleurs lancer un jour un avis de recherche du genre : « Naïfs ou illuminés, croyant encore au droit et à la loi, cherchent État, fort et démocratique, pour vie commune et plus... » Ou bien : « Mère de famille cherche abri anti-crime disponible de préférence chez l'État italien... » Ou alors : « Citoyen paisible et innocent cherche appui État pour ne pas être absorbé par la corruption... » Il faut beaucoup d'humour et de patience pour vivre dans la marginalité qui est la mienne. C'est moi qui ne me sens pas comme les autres. Vous vous rendez compte, j'ai reçu une lettre qui ressemble à un blâme de la part de l'ordre des avocats, parce que j'ai fait vœu de justice, donc de pauvreté. Je n'ai à traiter que des petites affaires. Vous êtes ma première grande affaire. Donc, votre soif de justice est aussi la mienne. Votre besoin de faire appliquer la loi et le droit est aussi le mien. J'aurais pu tourner la tête vers autre chose, mettre une sourdine à mes exigences, consulter de moins en moins ma conscience et fermer les yeux sur ce qui nous révolte et nous empêche de nous réclamer de l'humanité, je veux dire d'un état de civilisation. J'aurais pu faire comme les autres et me résigner à gagner de l'argent taché de sang. Mais il y en a qui s'habituent au sang, pas moi.

Debout devant sa fenêtre, il observe la tranquillité apparente et bruyante des gens de la ville. Les voitures klaxonnent pour peu de chose. Au feu rouge, en bas de son bureau, il remarque les mêmes enfants vendant des mouchoirs en papier, des cigarettes de contrebande, des briquets ou parfois des journaux. A un certain moment, arrive un homme d'un certain âge, brun, mal habillé. C'est un étranger, un Marocain. Il propose aux automobilistes d'acheter des petits perroquets en plastique phosphorescent. Il insiste. On lui achète ces objets inutiles, par charité, par bonté. Les voitures arrêtées au feu rouge sont prises d'assaut. Des enfants empêchent un automobiliste de démarrer. Une main agile lui a volé les clés. Pietro sourit.

— Ça doit être un étranger. Résister à ces diablotins ! Quelle erreur !

Puis, il se tourne vers Maria Rosa comme si elle avait tout vu :

— Vous savez, aujourd'hui ils vendent des paquets de mouchoirs, des briquets et des cigarettes, demain ils passeront au stade supérieur. Ces mêmes petites mains agiles proposeront de la drogue, apprendront à manier le pistolet et donneront la mort comme à la télé...

Depuis l'assassinat de son mari, Maria Rosa regarde autrement la rue, les murs, les trottoirs, les arbres, les passants. Il n'y a plus d'innocence. Pour elle, tout le monde est responsable de ce qui arrive. Ce n'est pas seulement une femme bouleversée, c'est une femme qui a l'impression d'ouvrir les yeux pour la première fois dans une ville qu'elle croyait connaître, une ville où elle a eu des moments de bonheur, des jours de grande joie. Elle se souvient de la naissance de Rocco. Il y avait une belle lumière dans le ciel. C'était un don de cette lumière. Aujourd'hui, assise dans ce bureau exigu, entourée de dossiers entassés par terre, elle n'a même pas les larmes aux yeux. Elle vient de se rendre compte qu'elle ne pleurait plus. Depuis qu'elle a décidé de se battre, elle refuse les larmes. Une autre vie, plus dure, plus sévère, a commencé pour elle, une vie où elle n'a pas le droit de flancher, de revenir en arrière ou de s'apitoyer sur son sort. Elle sait que ses deux fils ont été engagés par un garagiste, plus connu pour vendre de la drogue que pour réparer des voitures. Elle s'attend d'un jour à l'autre qu'on vienne lui annoncer qu'ils ont été arrêtés avec de la drogue dans les poches. C'est presque une fatalité. Pour le moment, l'avocat lui conseille de changer ses habitudes et même, si elle peut, d'aller habiter chez son amie Carla.

7

Au procès, les choses se sont passées très vite. Tito a été l'inculpé principal. Les cinq autres étaient là pour complicité et faux témoignage. Francisco, qui a réapparu, a fait rire la salle en déclarant :

— Si je dis que Tito est coupable, je mentirai. Si je dis qu'il n'est pas coupable, je mentirai aussi.

Tito a été acquitté pour « insuffisance de preuves ». Les autres ont été condamnés à six mois de prison avec sursis. La plaidoirie de Pietro Serchio a été celle d'un honnête homme, un Don Quichotte, comme l'a écrit un journaliste. Maria Rosa a perdu son procès. Elle n'a pas pleuré ni même protesté. On aurait dit qu'elle savait d'avance le verdict. Elle a plus de fierté que de rage. Seule. Elle se retrouve absolument seule. En sortant du tribunal, son avocat la raccompagne :

— Je ne suis pas en colère parce qu'un assassin est en liberté. Nous avons l'habitude de ce genre de verdict. La justice observe et applique la loi scrupuleusement. C'est un acquis de la démocratie. Mais ce qui m'a scandalisé, c'est le refus que m'a signifié le magistrat à la demande que je lui ai faite pour que vous bénéficiiez de l'aide en tant que victime de la mafia. Il m'a répondu sèchement que votre mari faisait partie de cette organisation et que l'État ne finance pas les veuves de ce genre de victime. Il va falloir vous trouver un travail. Je vais en parler avec le maire. Je suis sûr qu'il vous aidera.

Maria Rosa ne dit rien. Elle pense à autre chose. Elle pense au soir où Giacomo lui avait menti. Il lui avait raconté des histoires à propos d'une absence de trois jours. Il devait être dans une de ces réunions secrètes dont il n'osait pas parler à sa femme.

Elle fait des recoupements et commence à mieux remplir des cases restées vides. En rentrant à la maison, elle a trouvé une enveloppe du cabinet de l'avocat. Elle contenait une confession de l'un des deux enfants, Rocco probablement. Ce dernier cherchait à entrer en contact avec l'avocat dans l'espoir de se rapprocher de sa mère.

Elle s'est assise sur le bord du lit et s'est mise à lire :

> Je suis comme un funambule qui a peur. Chaque fois que j'avance un pied, je reste sur place, effrayé. Je sais que je marche sur le fil sans filet. Si je me trompe, je me casse la gueule. Ça fait plus de deux ans qu'on a flingué mon père et personne n'a poussé la porte de notre maison pour s'enquérir de notre santé et de nos besoins. Plus personne ne se cogne la tête contre notre porte. J'ai un peu travaillé, à peine six mois. Je ne comptais pas les heures. Je bossais. Je rentrais chez moi crevé, ayant mal partout, au dos, aux bras, aux jambes. Et pourtant, j'étais content de rentrer à la maison. J'avais l'impression que tout allait s'arranger. Un jour j'ai dit à mon patron : « Toi, grâce à mon travail, sur mon dos tu te fais dix fois au moins mon salaire. Ici, tout repose sur moi. Je fais tout. Et mon travail vaut beaucoup plus que ce que tu me donnes. Tu dois me donner au moins 150 000

lires. Je m'en sors pas. Je n'en peux plus ». Lui m'a dit : « Tu peux dégager. La porte est par là, tu peux la prendre. »

Depuis, j'ai essayé plein de boulots. Je vends des roses au feu rouge. Les flics me chassent et je m'enfuis. A l'entrée du marché, je vends des briquets. Les flics arrivent et tentent de me faire payer une amende. Chaque fois, je m'enfuis. Mais je ne peux passer ma vie à m'enfuir. L'an dernier, j'ai même fait de la prison. Dur. Lorsque tu fais de la prison, et surtout quand ce n'est pas de ta faute, c'est dur, et la rage qui bout en toi ne peut pas se calmer. Tu y penses tout le temps et tu continues d'être en colère. La prison c'est moche, mais pas si mauvais que ça. Quand j'y pense, j'évalue le pour et le contre. Depuis que j'ai connu la prison, je sais qu'il n'y a rien à faire avec ces gens-là, même s'ils sont de vieux amis ; quand je les rencontre, j'essaie de trouver des excuses pour ne pas rester avec eux parce que je sais ce qu'ils veulent de moi, et moi depuis que je suis sorti de prison, j'ai toujours fait attention. J'ai fait une connerie et j'ai payé. Mais maintenant, je suis correct. Personne n'a rien à me reprocher. Je ne sais combien de temps ça va durer, combien de temps encore je peux me comporter correctement. J'ai peur qu'un jour ou l'autre, je cède et qu'au lieu de les éviter quand je les vois, j'aille les rencontrer et leur demander : que faites-vous ce soir ? Certains jours, pour ne pas tourner en rond, je prends mes affaires et je vais dormir, à n'importe quelle heure, à midi, à une heure, et je plonge dans le sommeil, je plonge dans le lit. Que dois-je faire ? Je continue à penser à tout ce qui m'est arrivé ces derniers temps et parfois je crois que ce n'est pas à moi que c'est arrivé, et tout se mêle dans mon esprit. Vous me dites qu'il me faut force et patience. La force, je l'ai. Je me sens fort comme un taureau. La patience, j'en ai aussi. Ce qui me manque c'est l'espoir. L'espoir, je n'en ai plus. Et je ne sais quoi faire pour le retrouver.

L'avocat a reçu dans son cabinet la visite des deux enfants. Maria Rosa l'a su plus tard, au cours d'une conversation avec maître Serchio. Sans prévenir, ils avaient fait irruption dans son bureau, décidés à lui expliquer leurs conditions de vie depuis la mort de leur père. Ils étaient désorientés et éprouvés. Maître Serchio essaya de les conseiller et de les convaincre de reprendre leurs études, surtout Rocco qui était en classe terminale. Paolo pourrait apprendre un métier. Ils avaient encore du ressentiment à l'égard de leur mère ; en même temps, ils n'arrivaient pas à dissimuler un sentiment d'admiration et de fierté. L'avocat se proposa de jouer les bons offices et d'arranger une entrevue entre les deux garçons et leur mère en vue d'une réconciliation. Ce fut lui qui leur transmit cette première lettre :

Mes chers enfants,
Il faut que je vous donne de mes nouvelles. Sachez que je ne vous en veux pas d'être partis. Je comprends. Vous êtes encore jeunes et vous avez encore des illusions. La vie se chargera de les éteindre. J'ai tenu à mener toute seule ce combat. Je n'ai pas réussi et j'estime que je n'ai pas échoué

non plus. J'ai découvert des choses que votre père me dissimulait, un peu par précaution, un peu par peur.
Je suis heureuse d'apprendre que l'école vous tente de nouveau. Si Paolo veut apprendre la menuiserie, je peux l'aider. Si Rocco veut reprendre ses études, je l'aiderai aussi. J'ai vendu quelques meubles et objets. J'ai de quoi tenir quelques mois. Je travaille à la mairie. Je fais le ménage dans les bureaux et dans les toilettes. Ne croyez pas que c'est un travail dégradant ou humiliant. C'est un peu fatigant, mais tant que j'ai la santé je travaillerai. Si le portier part à la retraite, il est possible que je prenne sa place. En tout cas, on me l'a promis. Je mange à la cantine. Je suis devenue végétarienne. Plus jamais de viande. L'avocat a été très gentil. Mais ni lui ni moi n'avons compris pourquoi le juge qui a acquitté les inculpés a été assassiné. Je ne sais pas ce qui se passe dans ce pays. Pour le moment, j'apprends à être une personne modeste et qui ne se mêle de rien. Je veux juste gagner ma vie et faire quelques économies pour vous aider si vous avez besoin de moi.
A la Toussaint, j'espère que vous viendrez avec moi sur la tombe de votre père. Je vous embrasse et vous bénis.

Maria Rosa.

P.-S. : Ma raison aurait pu vaciller. J'ai souffert. J'ai appris à souffrir sans geindre, seule. Je suis une autre. Je n'en veux à personne.

X

Au sommet de l'Aspromonte la neige est propre

Arriver à Locri par une nuit d'hiver, sous la pluie et le vent, devrait être non seulement déconseillé aux étrangers mais défendu. C'est une épreuve. Le sommeil et la mort planent sur la ville. Les lumières sont tôt éteintes, les rares cafés sont fermés et, sur les deux hôtels qui donnent sur la mer, un seul est ouvert. Dans ces lieux, la nuit est mauvaise conseillère. Elle est pesante et oppressante. Cela, il le savait. On l'avait prévenu : « A partir de Reggio Calabria, c'est pas du gâteau ! » En fait, du paysage il n'avait pas vu grand-chose. Il s'était endormi dans la voiture qui l'emmenait à Locri. Pourquoi Locri ? Pour rencontrer un professeur d'histoire que lui avait recommandé son ami de Turin. Il lui avait dit : « Il n'y a qu'elle pour te parler de la Calabre ! » Le fait que ce fût une femme excitait sa curiosité. Il était arrivé trop tard pour téléphoner. Il se préoccupa d'abord de trouver où dormir. La chambre était triste. Une table en formica. Un lit fatigué. Des draps propres mais froids. Et surtout, un couvre-lit élimé d'une couleur orange qui lui donna mal à la tête. Il regarda les murs. Le papier peint était discret mais commençait à se décoller par endroits. La lumière était trop faible pour lire. Le seul moyen pour ne plus voir tout cela était de s'endormir vite. Il chercha des somnifères dans sa trousse. Il n'y en avait plus. Il se souvint que le dernier, il l'avait donné à Renato, l'ami qui l'accompagnait dans cette virée. Situation pénible : une migraine était annoncée, suivie probablement d'une insomnie ; pas de lecture, pas de télé, rien. Une sorte de cellule de prisonnier. Certes, un prisonnier d'une nuit, mais cela l'énervait. Il téléphona à Renato. Il dormait profondément. Alors, il n'y avait plus rien à faire. Il se mit à faire des pas dans la chambre. Il tournait en rond. Il s'habilla, mit sa casquette de marin qui lui sert de parapluie, et sortit marcher dans la ville.

La pluie avait cessé. Les rues étaient désertes. De temps en temps passait une voiture à toute vitesse. Il ne rencontra personne. Il vit au loin des petites lumières au sommet de la montagne. Il se dit : « Ça doit être San Luca. » Le fait d'avoir marché et pris l'air l'avait calmé et il sentait qu'il allait enfin dormir. Il ne fit pas de rêve, mais il pensa toute la nuit à Mme Gervassi. Lorsque le matin il téléphona, il tomba sur le mari, qui était averti de cette visite et qui l'attendait dans son magasin de prêt-à-porter :

— Ma femme s'excuse, mais elle est à Messine. Elle m'a parlé de vous, je suis à votre disposition pour vous aider.

— Merci. Ce qu'on voudrait, c'est faire un tour dans la région.

— Ce n'est pas du tourisme que vous faites, n'est-ce pas ?

— Non. Nous ne sommes pas des touristes. Je suis un écrivain qui cherche à comprendre le Sud et à écrire quelques-unes des histoires qui font que ce pays est ce qu'il est.

— Alors, venez dans une demi-heure à mon magasin.

L'homme était jeune, souriait volontiers et était disponible pour parler et faire voir la région.

— On voudrait monter vers le sommet de l'Aspromonte.

— C'est difficile. La route est peu praticable, elle n'est pas faite pour les balades, surtout par temps de pluie et de brouillard.

A ce moment-là, un petit homme en gabardine triste entra dans le magasin. Il est instituteur dans une école de Locri. Il ne dit pas son nom mais se présenta comme un fils du pays qui connaît bien la région. Les dimanches et jours de fête, il ramasse les champignons. Il se mit à faire une leçon sur les différentes sortes de champignons qu'on trouve au pied des arbres de l'Aspromonte. Il ajouta sur un ton banal : « Je sais aussi où on séquestre les otages ! » M. Gervassi intervint pour mettre les choses au point :

— Certes, nous sommes des militants. Nous essayons, malgré notre petit nombre, de résister. Ils ont mitraillé trois fois mon magasin. Je reçois souvent des lettres anonymes. Des menaces. Ils me disent que je subirai le même sort que Francesco, mon cousin… Lui, ils ne l'ont pas raté. Il avait refusé de payer. Son dépôt a été incendié. Quelques mois plus tard, ils lui ont logé une balle dans la nuque chez lui. Les assassins courent toujours. C'est un scénario classique. Nous n'allons tout de même pas nous armer pour nous défendre. C'est le travail de l'État. Mais l'État est une bulle de savon. Il n'est pas là. Et puis, si on s'armait, ce serait la guerre civile. Notre parti est contre ce genre de riposte. Que le parti change de nom nous importe peu. Mais qu'il ne change surtout pas de valeurs. Nous n'acceptons pas la loi du crime organisé. A Locri, nous sommes une poignée, mais nous résistons. C'est un travail quotidien. Alors, si vous y tenez, on peut faire un tour là-haut.

L'instituteur tire sur sa barbichette, impatient d'intervenir :

— Moi, je commence la résistance dès les bancs de l'école. C'est là qu'il faut inculquer la haine du crime. Parce que l'environnement n'est pas très encourageant pour devenir un citoyen honnête. Bon. On prend une seule voiture. On monte dans la vôtre ; j'espère qu'elle n'est pas immatriculée à Milan... C'est simple, la famille d'un otage milanais, qui avait payé la rançon mais n'a plus revu le parent séquestré, était venue une fois en caravane dans la montagne crier le nom du disparu avec un micro... pour toute réponse, elle reçut des rafales de mitraillette. Elle a rebroussé chemin en vitesse. Nous, nous faisons du tourisme, et nous allons ramasser des champignons. C'est tout, n'est-ce pas ?

La petite voiture louée à Palerme démarra sous une pluie fine. La route était mouillée. Renato s'arrêta pour mettre de l'essence. En face, un immeuble inachevé donnait l'impression d'être abandonné. L'instituteur se pencha vers ses visiteurs et leur dit à voix basse :

— Cet immeuble non terminé a une histoire. Deux clans se sont associés pour construire un hôtel. Chacun a fait un enlèvement. Une famille a payé. Avec cet argent, ils ont construit ce que vous voyez. L'autre famille a refusé de payer. La construction a été arrêtée. Entretemps, l'otage qui était cardiaque est mort, et le clan a perdu. Il pourrait aller enlever un autre pharmacien — ils en veulent aux pharmaciens — mais il est en guerre avec son associé. Il y a déjà eu quelques règlements de comptes.

San Luca est un village pauvre. Les maisons sont construites sur les flancs de la montagne. Les murs sont en brique. On dirait qu'elles ne sont habitées que par des vieillards. On ne voit ni enfants ni adolescents. De temps en temps, un jeune homme passe en Vespa, l'air affairé.

En dépassant San Luca, on aperçoit Locri. Elle est moins laide de loin que de près. A Montado — 800 mètres d'altitude —, ils furent accueillis par un brouillard épais et une pluie de neige. Il n'y avait plus de route, juste une piste dont il fallait deviner le tracé. C'était une forêt de chênes et de châtaigniers. L'instituteur insistait pour continuer à monter, promettant de leur montrer le fief principal où se réunissent les ravisseurs. C'était une terrasse tout au bout de la piste d'où on surveillait les opérations et les déplacements de curieux, journalistes, carabiniers et autres ramasseurs de champignons.

La voiture s'arrêta, une des roues coincée dans une crevasse. Ils descendirent. Ils avaient froid. Renato, qui aimait dédramatiser, se mit à rire :

— Nous nous sommes enlevés nous-mêmes ! Nous sommes nos propres otages !

M. Gervassi n'avait pas envie de rire. Il s'énerva en parlant à son ami instituteur :

— Mais tu es fou de nous avoir mis dans ce pétrin ! Comment sortir de là ? La voiture ne peut même pas tourner, il n'y a pas assez d'espace. Tu es déjà venu ici, toi ?

— Moi, jamais. Cela faisait longtemps que j'attendais une occasion pareille pour enfin découvrir le repère des assassins !

— Et qu'est-ce que tu comptes faire à présent ?

— Leur régler leur compte !

— Avec des champignons ?

— Oui, mais vénéneux !

— Aide-nous à pousser la voiture plutôt que de dire des bêtises.

La neige tombait. Les arbres étaient beaux. Un sanglier traversa le chemin en courant. L'instituteur se mit à réciter un poème :

Non, le village n'est pas dépeuplé
Ils sont par les bois.
Tous à la battue.
Ils disent qu'ils ne reviendront qu'à besogne accomplie.
Voilà un an, plus d'un an, désormais.
Ce qu'ils retrouveront, ils ne s'y attendent certes pas :
Lui, qu'ils ont tué, ici plus vivant et plus menaçant
(plus impitoyable) que jamais[1].

— A présent que j'ai dit ce poème de Caproni, on peut repartir. C'était mon rêve : clamer ces vérités dans le fief des tueurs. Ils m'ont certainement entendu. On peut faire demi-tour !

La voiture redémarra. Plus loin, il y avait un peu plus d'espace pour tourner. Tout le monde était gelé. Seul

1. Poème de Giorgio Caproni, tiré de *Il franco cacciatore,* Garzanti Editore, 1983. *Le Franc-tireur,* trad. Philippe Di Meo, Champ Vallon, 1989.

l'instituteur paraissait ne pas sentir le froid. Il était heureux. En redescendant la montagne, le brouillard se dissipait. On apercevait San Luca, toujours aussi triste, puis Locri, toujours sous une pluie fine. L'instituteur parlait tout seul :

— Notre arme, c'est la poésie. Notre arme, c'est la beauté. Même si les assassins n'entendent rien à la poésie, il faut continuer à leur opposer la charge magnifique des mots.

XI

La plus belle femme du monde est à Il Cilento

On lui a dit, toi qui aimes tant les femmes, toi qui en parles si souvent et les célèbres dans tes romans, tu devrais aller à Il Cilento. Là, tu verras les plus belles femmes de l'Italie. Cette région jouit d'un privilège exceptionnel : toute fille qui y voit le jour est nécessairement belle. On ne sait pas pourquoi ni comment. C'est ainsi. C'est peut-être une question de climat, de race, d'hérédité et de mystère. Ce qui est curieux, c'est que les hommes ne sont pas particulièrement bien bâtis. Ils sont même quelconques, ni grands, ni petits, mais ils ont des yeux et un regard troublants. Les femmes savent qu'elles sont belles, surtout depuis que les télévisions du monde sont venues s'en rendre compte. Seule une équipe de la télévision japonaise a renoncé à filmer les femmes d'Il Cilento, les trouvant trop grandes selon les critères de l'homme japonais.

Cette réputation agace les hommes. Lorsque notre personnage est arrivé sur la place principale, il s'est installé au café où il avait rendez-vous avec un journaliste de Naples. A côté de lui, trois vieux bavardent :

— Le soleil est tiède aujourd'hui.

— Comme la peau de Maria.

— Je n'aime pas ça.

— Quoi, la peau de Maria ou le soleil tiède ?

— Non, je n'aime pas la tiédeur.

— Tu as vu, l'autre jour, le car de touristes français ou allemands... Il paraît qu'ils étaient venus pour photographier nos filles. Ils feraient mieux de photographier les murs fissurés de notre ville, au moins quelqu'un viendrait les restaurer.

— C'est vrai que nos filles sont belles. Mais on peut en dire autant des Napolitaines. Elles sont pulpeuses, les brunes surtout. Elles ont des seins magnifiques. De mon temps, on bavait devant les filles de Naples.

— C'est curieux, les Napolitains font le voyage jusqu'ici et nous, nous nous rendons à leur ville pour rencontrer de belles femmes.

— C'est ce qu'on appelle l'échange !

— C'est quoi, pour toi, Zio Rolando, une belle femme ?

— Ouh là là ! Tu veux que je te dise : ça commence d'abord par les yeux. C'est très important les yeux. Il faut qu'ils soient grands. Qu'importe la couleur. Ensuite la bouche, bien dessinée, des lèvres épaisses, tendres, la poitrine...

— Mais non, tu radotes... La plus belle femme est celle qui a une belle âme... Ça ne se voit pas tout de suite. La plus belle femme est la femme qu'on aime !

— Écoute, chez nous, la plus belle femme c'est la mère.

— Oui, bien sûr, la *mámma,* plus elle est grosse plus elle est belle ! Plus elle est belle plus elle t'étouffe. Tu dois aimer ça, toi !

— Non, on parle sérieusement. Comment trouves-tu la fille de Paolo ?

— Antonella ?

— Non, Antonella, c'est sa femme. Non, je veux parler de leur fille Anna Maria.

— Ouh là là ! Oh ! Oh ! Je n'ai pas de mots pour décrire sa beauté.

— Oh oui ! Ce n'est pas un hasard si Anna Maria n'est pas née à Palerme.

— Pourquoi Palerme ?

— Mais c'est la ville où les femmes ne sont pas belles. Ce n'est pas moi qui le dis, mais les spécialistes, ceux de Rome et de Milan qui viennent chez nous chercher la beauté pour faire du cinéma. Palerme a failli être une belle ville. Mais le sang sur les trottoirs a de quoi chasser les germes de la beauté. Sais-tu que nous avons, oui nous, gens d'Il Cilento, fourni plusieurs miss Italie ?

— Ah, mon pauvre ami, il y a des villes qui fournissent à l'État des généraux, des ministres, des ambassadeurs, nous autres, nous les pourvoyons en beauté !

— Au moins, Il Cilento n'est le fief d'aucune organisation criminelle.

— Tu oublies l'affaire Savinio ? Il a tué à la hache le pauvre Romeo...

— Oui, mais pas pour des affaires de trafic. Il a tué par amour, par passion, passion pour la beauté. Il n'a pas toléré que des mains étrangères se posent sur la peau si douce de sa fille. Alors, il a tué le prétendant...

Tout d'un coup, les trois vieux arrêtent leur souffle. Une femme traverse la place. Les yeux la suivent. Les mains s'agrippent sur les cannes. L'un d'eux bave. La femme porte une voilette. Elle est habillée d'une robe rouge lui moulant le corps. Elle passe lentement devant le café, le regard posé au loin, puis disparaît. Les trois hommes se regardent. Toni sort un mouchoir et s'essuie la bouche. Rolando boit une gorgée d'eau. Rico sort sa montre :

— Il est dix heures. C'est l'heure de la femme mystérieuse.

— Oui. C'est l'heure de l'apparition de la beauté.

— Mais qui est-ce ?

Depuis un mois, les trois hommes se retrouvent tous les matins à la même place pour guetter le passage de cette femme. Ils se regardent puis s'apprêtent à se lever.

— Restons assis, dit Rico. Il faut qu'on éclaircisse ce mystère. D'où vient-elle ? Qui est-elle ? Est-elle mariée ? Où va-t-elle ? Il faut qu'on s'organise.

— Mais comment ? On ne va tout de même pas engager un détective ?

— Et pourquoi pas, puisque personne ne semble la connaître ?

— En tout cas, elle n'est pas d'Il Cilento.

— Comment peux-tu en être si sûr ?

— Parce que je connais toutes les belles femmes de ce lieu béni. Celle-là vient d'ailleurs.

— Tu veux peut-être nous dire que lorsqu'une femme est belle, il faut qu'elle vienne en pèlerinage à Il Cilento pour affermir sa beauté.

— C'est cela ! Mais tu as vu comment elle est faite ? Grande, cambrée, les jambes en parfaite harmonie, la poitrine ferme et lourde, les fesses sculptées dans du marbre...

— Et les yeux… noirs… brûlant tout ce qu'ils voient… c'est pour cela qu'elle porte une voilette…

— Non, mon cher. La voilette c'est pour le mystère. A nous trois, si je compte bien, nous devons approcher les deux siècles, n'est-ce pas ? Eh bien, on peut dire qu'en deux cents ans, nous n'avons pas vu de femme plus belle.

— Tu exagères un peu.

— Non, je crois que Toni a raison. La preuve, c'est que cette apparition non seulement réveille mon cœur, mais réveille de manière brûlante le désir… eh oui, mes chers, nous sommes peut-être vieux, mais nous ne sommes pas finis.

— Et qu'allons-nous faire à présent de ce feu allumé en nous ? Ce ne sont quand même pas nos femmes qui pourraient l'alimenter et le satisfaire !

— Hélas non ! Nos pauvres femmes, toutes belles mais si fatiguées. Le temps est injuste avec elles.

Rico se lève et crie :

— J'ai une idée ! Et si nous allions chez Graziella ?

— Non, merci. Avec ces maladies qui courent… Et puis, nous autres, nous n'arrivons pas à mettre le préservatif… Tu as essayé ? Moi, en tout cas, je ne saurais pas…

— Ce que je propose c'est de suivre la belle mystérieuse. On verra. Rendez-vous demain, ici.

Le journaliste de Naples n'est pas venu au rendez-vous. Notre écrivain se leva en même temps que le trio et dit :

— Je pourrai venir demain avec vous ?

— Non. Si tu viens avec nous, nous n'aurons aucune chance avec cette femme. Tu es jeune, beau, étranger… C'est toi qu'elle choisira.

— Je ne suis pas de ton avis, dit Rico. Lui nous servira d'appât ! Excusez-moi, monsieur, mais la situation est grave. Vous venez, et puis on vous suivra.

— Calmez-vous, leur dit l'écrivain. Savez-vous que c'est dans l'abîme du cœur que se trouve l'intelligence, voie royale de la beauté, puisque c'est là que l'âme grandit ? Vous voulez suivre une illusion, un fantôme. Je n'ai vu passer aucune femme à voilette. En revanche, j'ai vu passer un corbillard suivi d'hommes et de femmes tristes. J'ai vu une jument affolée traverser la place en courant. J'ai vu des enfants jouer au cerceau, j'ai vu...

— Mais on s'en fout de ce que tu as vu, lui lance Toni. Et puis, qui es-tu pour nous importuner de la sorte ?

— De quel droit viens-tu casser nos rêves ? ajoute Rolando. Assieds-toi, à présent, tu vas nous écouter : tu as la jeunesse, la vigueur et même la beauté. Mais attention, ça ne dure pas éternellement. Si nous, nous voyons la plus belle femme du monde passer devant nous tous les jours à dix heures, c'est que nous avons encore plein d'amour à donner. Nous ne sommes ni blasés ni fatigués. Si toi, tu vois à la place un corbillard, c'est ton problème ; tu dois ou bien être myope ou avare, ou les deux à la fois. Nous autres, nous avons la chance de voir passer cette divine créature tous les jours. Chaque fois, elle est habillée de robes superbes, mais elle porte toujours une voilette.

Rico propose de changer de plan :

— Demain, nous allons nous déplacer. Nous nous mettrons sur la terrasse de l'autre café, chez Mario.

— Ah, non ! il porte malheur.

— Oui, mais nous ne la verrons plus de profil, nous la verrons de face. Mario, il ne quitte pas la caisse. Il ne la verra pas. C'est vrai que si jamais il a le malheur de venir s'attabler avec nous, tout sera foutu. Il suffit qu'il la regarde fixement pour qu'il lui arrive un malheur. J'ai même peur que son regard la fasse disparaître définitivement. Bon, demain c'est un jeudi. C'est le jour de la robe jaune. Alors à demain, neuf heures au café de Mario, mais attention, sans ce sinistre personnage. Non, il ne s'agit pas de vous, jeune homme, mais du patron du café.

Le lendemain, ils sont arrivés tous à l'heure, rasés de près, bien habillés, silencieux. L'écrivain était là, avec un appareil photo et un petit magnétophone.

— Tu veux la prendre en photo ? lui demande Toni.

— Je vais essayer.

— Mon pauvre ami ! Tu crois que nous n'avons pas essayé nous aussi ? Sur la pellicule, rien, juste une tache blanche. Elle est tellement belle que son image n'appartient qu'à elle. C'est un privilège. On n'a pas encore inventé une pellicule assez sensible pour fixer son image.

— Alors, tu peux ranger ton appareil. Le magnétophone, on s'en fout. Elle ne parle pas !

— Non, le magnétophone c'est pour vous ! Je voudrais enregistrer vos réactions.

— Si ça t'amuse...

— Ça m'intéresse plutôt. Je suis un étranger. Je suis curieux de savoir ce qui se passe dans cette ville.

A dix heures précises, le ciel se couvrit tout d'un coup et, en quelques minutes, un puissant orage éclata, rendant la place déserte et inondée. Nos quatre personnages s'abritèrent à l'intérieur du café, derrière les vitres pleines de buée.

— C'est pas de chance ! dit Rico.

— Elle viendra, elle n'est pas du genre à avoir peur de l'orage, fait remarquer Toni.

— Moi, je crois qu'elle a pressenti cette pluie soudaine et qu'elle a traversé la place juste avant notre arrivée, dit Rolando qui continuait à essuyer la vitre pour mieux scruter la rue vide.

— Alors, que faisons-nous ? demande l'écrivain.

— Tu es du genre impatient, mon ami, tu veux tout tout de suite, tu veux la beauté sur un plateau d'argent et tu crois que ton temps est précieux. Mais tu as la vie devant toi, pleine d'aventures et de surprises. Laisse l'impatience aux personnes de notre âge. Nous autres, il nous reste peu de temps pour jouir des beautés de la vie. Notre impatience est justifiée. Elle est même vitale. Voilà ce que te dit Zio Rolando, le plus vieux de la bande, et qui est peut-être plus âgé que ton grand-père.

— Oui, bien sûr. Excusez-moi si je vous ai importuné. Je suis venu ici pour faire une enquête pour *Il Mattino*. Je suis à la recherche de la plus belle femme d'Il Cilento. On doit publier sa photo en première page et en couleur parce que cette année, l'élection de miss Italie a connu quelques magouilles. On voudrait montrer que la beauté de cette Milanaise paraît fade devant la beauté d'une fille d'Il Cilento. Voilà pourquoi je suis là. C'est une chance d'être tombé sur vous et vos amis.

Ils passèrent la matinée à attendre puis se dispersèrent à l'heure du déjeuner. Ils se retrouvèrent durant une semaine, un peu tristes et énervés. Alors, ils parlaient :

Toni : Mes amis, hier soir, en rentrant chez moi, je l'ai trouvée assise dans le salon. Ma femme lui servait une boisson et elle regardait la télé. Je me suis approché d'elle, elle ne leva pas les yeux. Elle était ailleurs. Quand j'ai demandé à ma femme qui était cette créature, elle m'a répondu sur un ton banal : Mais c'est la fille des pâtes Barilla, tu ne la reconnais pas ? Tu te souviens, cette femme en manteau de vison qui entre dans un château et vole dans un coffret quelques pâtes... Elle est vraiment belle. Depuis, d'ailleurs, tu ne manges plus mes pâtes, celles que je fais de mes propres mains. Tu ne manges que ces trucs en boîte en rêvant de la fille !

Rico : Non, moi, je n'ai pas fait de rêve, je suis rentré chez moi, je me suis enfermé dans ma chambre et je lui ai écrit une lettre.

> Madame,
> La nature est bonne. Elle nous met sur le chemin du bien. Depuis le jour où vous êtes apparue dans cette ville bienheureuse, je ne cesse de remercier le ciel de m'avoir prêté vie jusqu'à ce jour où je vous ai vue et où j'ai embelli ma mémoire. Figurez-vous, madame, que j'allais partir — après une méchante grippe — sans vous avoir connue. J'allais quitter ce monde avec, certes, quelques souvenirs émouvants et beaux mais que j'ai tant ressassés. Vous êtes la lumière et la grâce qui se sont penchées sur mes souvenirs pour les rendre peut-être plus beaux, en tout cas pour les ensevelir dans une nappe de soie où le parfum de votre peau m'enivre et me délivre. Grâce à vous, je suis délivré de ce qu'on appelle la vieillesse, et cette usure qui creuse des sillons dans notre corps et dans notre cœur. Permettez,

madame, que je cite un ami que je n'ai fréquenté qu'à travers ses mythes et légendes, je veux parler de Casanova qui a écrit ceci : « Dans ma longue carrière libertine, pendant laquelle mon penchant invincible pour le beau sexe m'a fait mettre en usage tous les moyens de séduction, j'ai fait tourner la tête à quelques centaines de femmes ; [...] Cultiver le plaisir des sens fut toujours ma principale affaire. »

Nous avons tous vécu par procuration en lisant les grands séducteurs. Mais tout cela est vain, car si dans ma vie j'ai séduit des femmes, ce fut souvent parce que j'avais besoin d'être dans le sens de la nature. Aujourd'hui, je fais une prière pour que vous reveniez. Nous vous attendrons jusqu'à notre dernier jour, notre dernier souffle. Je sais, comme l'a dit un écrivain, que « la solitude est le lieu de l'orgueil et de l'humilité. Elle y est également propre. La grande âme humilie son orgueil en secret... ». Ne restez pas enfermée dans votre orgueil ! Je suis, madame, tel le mystique « passionné d'une beauté unique, et d'une seule vérité, l'une ou l'autre étant la perfection ».

A bientôt, madame. Je scruterai le ciel, car c'est là le lieu de votre solitude et de votre retraite.

Rico.

Après cette lecture, un grand silence s'imposa. Ils se regardèrent puis Rolando éclata de rire :

— Mais tu es sérieux ! Tu es amoureux ! Remarquez, moi je l'ai dessinée. Mais j'ai déchiré le portrait. Il était indigne de sa beauté. Vous vous souvenez de l'histoire du Hollandais volant ? Je suis sûr qu'elle l'a rejoint à présent. Il m'a semblé apercevoir une ombre, à minuit, entrer dans la mer et marcher jusqu'à disparaître. Elle est dans la légende. Belle, unique, immortelle, oui, elle est éternelle.

L'écrivain se leva et acheta un journal. Une photo d'une femme très belle est publiée sur toute la page. Il traversa la place, les larmes aux yeux, lisant et relisant le titre : « Ava Gardner est décédée d'une pneumonie le 25 janvier à Londres. Elle était âgée de soixante-sept ans. » Les quatre hommes sont depuis inconsolables. Ils se retrouvent pour pleurer et évoquer le temps où une lumière sublime inondait la place à chaque fois que « la plus belle femme du monde » passait par là.

XII

Passion

Jorge Luis Borges, dont l'œuvre me fut révélée bien tardivement par plusieurs amis qui formaient un clan autour des ruines circulaires d'une bibliothèque abandonnée, aurait peut-être conseillé à Glenn Tamarasco de faire plus tôt le voyage d'Italie. Il lui aurait prodigué des conseils jusqu'à le convertir à la passion de la lecture des *Mille et Une Nuits*, sans parler du fameux *Jardin parfumé* du cheikh Nefzaoui, parfait manuel des passions érotiques. Il est même probable qu'il aurait brouillé à dessein les pistes et lui aurait narré le malheur des Piémontais, quittant par centaines la terre sèche pour débarquer un jour de tempête en Argentine. Borges n'aurait pas aimé introduire dans ses *Fictions* les histoires grotesques de vendetta, de tafic et de chantage.

Les faits ont eu lieu à Afragola, une petite localité au nord de Naples, à l'est de Giuliano et juste avant d'arriver à Frattamaggiori.

De loin, vu de l'autoroute, le cimetière d'Afragola a l'allure d'une banque moderne. De près, le monument qui se dresse au milieu du vieux cimetière est une banque dont les murs sont recouverts de grandes dalles de marbre. Elle ne garde pas l'argent mais les morts. De la terrasse où des enfants jouent avec des pistolets en plastique, on aperçoit Afragola, petite ville aux maisons basses et pauvres. On devine au loin l'agglomération napolitaine. De construction récente, la « banque » regroupe quelque cinq cents tombes sur cinq étages. Les tombes sont les unes sur les autres, creusées dans l'épaisseur des murs. Cela donne l'impression de visiter une grande maison où chacun dort dans sa case, attendant le jour du Jugement dernier, le jour où ils prendront l'échelle pour descendre se mettre en file, les uns derrière les autres, dans l'immense terrain vague qui jouxte le cimetière. Pour le moment, l'échelle sert aux visiteurs qui l'empruntent pour déposer une bougie ou une fleur dans l'anneau conçu pour cela. Les tombes les plus hautes sont les moins chères. Les morts, tous les morts, descendront bien, une nuit, danser sur les tombes anciennes. Les linceuls mis bout à bout serviront de corde à ceux qui n'auront pas accès aux échelles. Pour le moment, ce sont les enfants qui montent et descendent en bousculant les vieilles personnes. La fête des morts n'est pas triste ; elle est pleine d'imprévus.

Glenn a dû garer sa voiture à plus de deux kilomètres de l'entrée principale du cimetière. Il a été impressionné par la densité de la foule qui se presse dans cet endroit. On dirait un supermarché à la veille de Noël. Il ne savait pas que les Italiens avaient un tel culte des morts. En Amérique, les cimetières ressemblent à des terrains de golf. Ils sont immenses et verts. Il n'y a ni débordement ni tapage.

Il est un peu sonné ; le décalage horaire et le dépaysement y sont pour quelque chose. Il est arrivé hier de San

Francisco pour se recueillir sur la tombe de son père, mort il y a deux ans dans un hôtel des environs de Naples. Mort subite et étrange. La presse évoqua, à l'époque, une histoire d'espionnage. On aurait fait avaler à cet Italien, devenu américain après la guerre, un médicament qui provoque un arrêt du cœur sans laisser de trace dans le sang. D'autres ont dit qu'il aurait été poignardé par un dément qui ne supportait pas la musique de jazz qu'écoutait tard dans la nuit Luigi Tamarasco. L'enquête a piétiné et on n'a jamais éclairci les circonstances de ce décès. On sut aussi que, durant la même semaine, un règlement de comptes avait eu lieu dans le salon de l'hôtel entre deux femmes et deux hommes.

Il y a longtemps que Glenn a renoncé à savoir quoi que ce soit sur cette affaire. Poussé par le remords et la nostalgie, il était venu déposer quelques fleurs sur la tombe d'un père qu'il avait si peu et si mal connu. Ce qui l'avait décidé à faire le voyage, c'était une lettre anonyme reçue quelques jours après la mort de Luigi. Il y avait, dedans, un plan du cimetière avec une croix sur l'emplacement de la tombe et ce commentaire : « Luigi était un ami, un grand ami. Je me suis occupé de tout. Ne venez pas tout de suite. Rendez-vous dans deux ans. Adieu ! »

L'allée centrale est réservée aux caveaux de famille. Des gens importants. Riches et influents. Des gens qui portent des noms anciens. Seule la tombe de Luigi a pu être intercalée entre la famille Brunetti et la famille Mateocci. La tombe est modeste. Dessus, une pierre de marbre dans laquelle ont été incrustées une photo de jeunesse et cette phrase : « Dieu n'existe pas ; je suis bien placé pour le savoir ! Luigi Tamarasco, dit l'Américain-fou-des-femmes ; le 6 octobre 1987 ; 67 ans. »

En passant devant le premier caveau, Glenn eut l'imprudence de s'arrêter un instant. Il observa une femme tout enveloppée de noir, assise sur un tabouret, au milieu des bougies et des bouquets de fleurs. Il fit un geste de la main pour s'excuser puis se retint. La femme sortit un revolver de son sac et lui dit :

— Enfin vous voilà !

Il eut le temps de répondre en un italien approximatif :

— Erreur, vous faites une erreur, madame ! Je ne suis pas celui que vous attendez. Je suis américain ; je suis venu faire une prière sur la tombe de mon père qui doit être à côté...

— Celui que j'attends doit aussi venir d'Amérique. Vous avez une pièce d'identité ?

Glenn sortit son passeport et le lui tendit.

— OK ! Vous connaissez la famille Brunetti ?

— Non.

— Allez faire votre prière. La prochaine fois, ne regardez pas trop dans les caveaux des autres, surtout quand leur chagrin est infini et leur deuil impossible.

Au moment où il déposa son bouquet de marguerites sur la tombe de son père, une femme, encore jeune, se tint à côté de lui et murmura une prière. Glenn essaya de la dévisager. Il fut ébloui par sa beauté. Il lui dit sans la regarder :

— Vous connaissiez Luigi ?

— C'est mon mari qui l'a tué.

Et la femme disparut dans la foule.

Le lendemain, Glenn quitta l'Italie. Il était un peu soulagé et même content. Il n'osait pas s'avouer la fierté d'avoir appris que son père n'était pas mort dans un banal et vulgaire règlement de comptes avec des trafiquants. Il est tombé, victime de sa passion pour les femmes. Il n'eut pas envie d'en savoir plus. Il préféra rester sur cette image d'un homme mort par amour dans le fief de la camorra.

XIII

La relève

A Sanvito Lo Capo, le soleil a érodé la pierre. Les roches ont le teint du bronze. L'herbe, drue et sauvage, est presque noire. Elle pousse n'importe où et même sur ce bout de plage, entre les gros blocs de béton la jetée. Des enfants sautent d'un bloc à l'autre. Ils ne jouent pas. Ils travaillent. Ils badigeonnent certaines pierres avec de la peinture phosphorescente. Ils tracent des signes, dessinent des croix ou des soleils. On ne sait pas pourquoi. On imagine que ce sont là des signalisations pour les barques de pêcheurs qui rentrent la nuit. Le phare est en panne depuis quelques semaines. On sait aussi qu'ils ont été envoyés là par Salvatore, le jeune neveu de Ricardo Freda qui habite à Trapani et qui vient une fois par semaine faire un tour à Sanvito Lo Capo. Généralement, il vient le vendredi dans une vieille voiture américaine conduite par Roberto le muet. Il n'est pas sourd, il a juste la langue coupée. M. Freda est un homme élégant. Il soigne beaucoup son apparence, surtout depuis son séjour dans une prison américaine. Une erreur, dit-on. Une malencontreuse homonymie. Il a quand même purgé dix années dans une prison connue pour sa sévérité. Une histoire de rendez-vous où il s'est fait piéger. Un cadavre. Une livraison non faite. En sortant de prison, il a pris le premier avion pour l'Italie. A Trapani, une partie seulement de la famille l'attendait : des femmes, toutes en deuil, et Salvatore. Les hommes, ses trois frères et ses deux oncles, ont été tués. Il l'ignorait. On lui avait écrit, mais la lettre n'avait pas dû lui parvenir. Ce devait être à l'époque d'une tentative de mutinerie. Les meneurs furent mis au secret et privés de communication avec l'extérieur. Il n'était pas un meneur, juste un conseiller. Il s'appuya sur Salvatore puis dit : « Qui ? Quand ? Comment ? Pourquoi ? » Ce furent les seuls mots qui sortirent de sa bouche. Il s'enferma quelques jours dans sa chambre. Ce fut Teresa, la veuve de son oncle Paolo, qui lui raconta :

— C'est une histoire compliquée. On n'y comprend pas grand-chose. Même les journalistes n'arrivent pas à expliquer ce qui s'est réellement passé. Paolo et les autres se sont fait avoir comme des gamins. Mais comment auraient-ils pu deviner que c'était une immense magouille avec des ramifications qui sont arrivées jusqu'au Vatican et au gouvernement ? On aurait dû se méfier parce que c'était trop beau pour être vrai. Voilà, je donne les éléments dans leur suite normale : la famille Di Santi créa un jour une banque à Trapani. Une banque de dépôt. Notre famille fut associée à sa création. On y déposa quelques millions et surtout on obligea, comme tu sais, les gens à y déposer leur argent en leur proposant des taux d'intérêt défiant toute concurrence. Au bout d'une année, ceux qui avaient investi ont même reçu les intérêts qui leur revenaient, mais pas l'argent de leur capital. La famille Di Santi partit avec la caisse. La banque ferma. Des hommes de Milan vinrent emporter des dossiers et des documents. La nuit, le local fut incendié. On n'avait pas le choix. Le règlement de comptes fut un massacre spectaculaire : il eut lieu le 2 novembre au cimetière. Onze morts : cinq de notre côté, six de l'autre. Tiens, voici les journaux. Tu les liras et peut-être tu comprendras mieux.

Ricardo éplucha les journaux. Il apprit ainsi que la famille Di Santi était liée, au septième degré, à la femme d'un certain banquier de Milan qui fut assassiné en juin 1979 par un Italo-Américain, lequel fut balancé du onzième étage d'une prison de Manhattan. Quant au commanditaire du meurtre, il sera arrêté et condamné à perpétuité ; il se fera servir un matin un *cappuccino* à la prison de Voghera et mourra dans la journée. On trouvera dans le café des traces de strychnine. Un journal suisse évoqua à propos de cette affaire un « complot politico-affairiste-judiciaire ». La banque de Trapani ne fut qu'une petite agence cédée à la famille Di Santi comme un cadeau pour autres services rendus. Le grand scandale eut lieu à Milan et à Rome où des milliers d'épargnants furent escroqués par des banques qui avaient l'aval de l'État. On reparla, à propos de cette affaire, des rapports ambigus entre la politique, l'Église et le monde des affaires.

Ricardo arrêta là ses investigations, mais n'arriva pas à comprendre comment ses frères et ses oncles avaient pu être mêlés à une affaire si compliquée et surtout si étrangère à leurs méthodes de travail et à leurs domaines d'intérêt. Les clans se reconstituèrent à Trapani et dans sa région. Des membres jeunes et dynamiques prirent la direction des affaires. Le passé américain et l'âge garantirent à Ricardo une certaine respectabilité. On l'appelait « le vieux » ou « l'oncle d'Amérique ». Certains le surnommèrent « le rescapé », en pensant au massacre de la Toussaint. Du clan, il connaissait Mario qui lui manifestait de la sympathie et même de l'admiration. Ses parents, propriétaires d'un hôtel à Palerme, avaient bien connu Ricardo dans les années cinquante.

Il crut, ou fit semblant de croire, que tout allait bien pour lui. On lui signifia qu'il avait toujours sa place dans le secteur. Il fit plaisir à ces jeunes et ne les contraria point. Eux-mêmes faisaient semblant de lui demander son avis sur telle ou telle opération. Il se savait hors circuit et sans grande utilité. Il n'était pas très vieux mais ses années d'enfermement l'avaient marqué. Pas physiquement, mais moralement. Il avait acquis une sorte de sagesse qui lui permettait d'établir entre lui et l'argent, entre lui et les affaires, une belle distance. Il se mettait à philosopher. Il parlait souvent par aphorismes et paraboles. En prison, il découvrit la lecture. Pas n'importe quoi. Son livre préféré, celui qu'il avait toujours sur lui, était *Ainsi parlait Zarathoustra* de Nietzsche.

L'arrivée d'une jeune et nouvelle génération avait commencé bien avant son retour au pays. Il soupçonnait ces bouleversements. La disparition brutale des hommes de sa famille précipita l'entrée en scène de ces loups aux méthodes modernes. Dans son coin, il continuait à les appeler les « muschilli », le nom qu'on donne à ces gamins qui font des courses pour les chefs. Ils sont aussi rapides et légers que des moustiques. Il devait bien se rendre à l'évidence, mais, sans Zarathoustra, son orgueil l'aurait maintenu dans une position rigide et aigrie. Il accepta, malgré tout, de sauver les apparences. D'où la voiture américaine avec ce chauffeur muet ; la tournée du vendredi dans Sanvito Lo Capo, les lunettes noires pour un peu de mystère ; le silence de réserve caractérisant les vieux dirigeants. Roberto ramena les enveloppes que les patrons des bars, cafés et restaurants lui remettaient. Il les classait dans un dossier comme dans les temps anciens, un peu pour s'en amuser. Il ramassait quelque chose comme un demi-million de lires, somme non négligeable pour un subalterne, mais ridicule pour un vieux de la vieille qui brassait des centaines de millions par mois à l'époque du trafic de l'alcool et des cigarettes. Il évitait de descendre de voiture à cause d'une sciatique qui se réveillait à l'approche de l'hiver. Il n'avait peut-être pas envie de se montrer dans ce village qui vivait lentement, sans joie, sans fantaisie. A la maison, il s'était retiré dans une chambre où personne n'avait le droit d'entrer. Seul Salvatore y venait de temps en temps. Il y avait entre eux une sorte de complicité, presque une amitié qui s'exprimait par des regards, des sourires, des gestes simples. Ricardo avait retrouvé une photo de ses vingt ans. Un beau jeune homme bien habillé, fier et sauvage. Il l'offrit à Salvatore : « C'est fou ce que tu me ressembles ! Nous avons le même regard, la même passion de la vie, mais toi, fais attention, ne suis pas mon chemin ! » Le jeune garçon n'était pas de cet avis. Il ne dit rien. Il prit la photo et la mit dans son portefeuille.

Salvatore aimait bien cet « oncle d'Amérique » qui lui envoyait des vêtements et des disques américains. Il était fier d'être à son service et d'avoir sa confiance. Ce fut lui qui mit de l'ordre dans l'immense stock de journaux et revues que la famille gardait pour Ricardo. Il découpa certains articles de faits divers et des photos qu'il collait ensuite dans un grand cahier de comptabilité.

Un vendredi, Ricardo décida de ne pas faire sa tournée. Il fit dire à Roberto de ne pas l'attendre et appela Salvatore.

— Assieds-toi ; allume la lampe à ta gauche. Tu vois bien ?

— Bien sûr que je vois bien ; pourquoi allumer la lampe alors qu'il y a un beau soleil aujourd'hui ?

— Parce que je n'ai pas confiance ; les nuages menacent ; je préfère que tu fermes la fenêtre ; il m'arrive depuis quelque temps de ne plus supporter la lumière naturelle ; c'est une petite séquelle de ma cellule américaine. Je vais te donner quelque chose ; tiens, ouvre cette enveloppe.

— C'est une lettre que tu as écrite à une femme d'Amérique ?

— Non, Salvatore, nous, nous n'écrivons pas aux femmes. C'est une lettre pour toi. Il faut que tu la lises et que tu la gardes précieusement.

— Et pourquoi moi ?

— Parce que je t'aime bien et que c'est à toi que j'ai eu envie de me confier, pas à ces vieilles femmes qui ne savent que porter le deuil. Alors, approche-toi de la lumière et lis-la à haute voix.

> Mon cher Salvatore,
> Je t'écris d'une époque révolue. Je ne suis pas celui que tu vois tous les jours peiner en se levant, marcher avec une canne, pas à cause de l'âge mais à cause de cette maudite douleur à la hanche. C'est à toi que j'ai eu envie de m'adresser, parce que tu es un garçon avisé qui ne se laissera pas abuser par les illusions de la vie.

Ton père était un brave homme. Plus jeune que moi, il nourrissait quelques illusions sur le genre humain. Il voulait vivre en paix, travailler et gagner honnêtement sa vie. Il croyait en Dieu, pas comme moi qui crache chaque fois que je vois un crucifix. Il essayait de se tenir à l'écart en se contentant de partager un chalutier de pêche avec un cousin ; mais il ne pouvait pas aller à contre-courant. C'était plus fort que lui, plus fort que nous tous. Il savait que le chalutier ne ramenait pas que du poisson. Il en était, à chaque fois, malade. J'essayais de le raisonner. Quand on était né dans cette ville, on ne pouvait pas échapper à la fatalité. Notre destin est tracé d'avance. Il est écrit depuis des générations. C'est ainsi. Ici, sache que tout baigne dans le trafic, même l'air que tu respires ; il est contaminé, pollué par les odeurs nauséabondes de ce destin. Les arbres, la couleur des feuilles, le vent, les rochers font partie de notre patrimoine essentiel qu'est le trafic. L'honnêteté est une gageure, un défi de la raison, une main fragile qui tenterait d'arrêter le courant du fleuve. J'ai réfléchi à tout cela quand j'étais enfermé. J'avais tout le temps pour penser et analyser la situation. Je suis parvenu à une conclusion étrange puisque paradoxale : j'ai compris combien nous étions innocents, même s'il nous arrivait de faire le mal et de donner la mort. Cette terre noire qui ensevelit aujourd'hui le corps de ton père est maudite ; elle est impatiente de nous couvrir, de nous engloutir et de nous offrir aux vers. Elle ne nous a pas appris à être bons. Elle nous a donné le goût de la légende et la manie du secret, celui qu'on enrobe de silence absolu ; elle nous a inculqué le principe de la famille et de l'honneur, le besoin de la vengeance et de la fidélité à la parole donnée. Le reste, nous l'avons appris tout seuls : l'aventure, le courage, la passion du gain, l'amour du pays, l'intelligence des affaires, l'exclusion de la morale, la négociation avec le ciel, la précision du tir, le plaisir de la table, la banalité du sang et la rigueur de l'oubli... Mes frères et moi avions hérité tout cela, en bloc, de notre père qui était un homme de grand respect. Il ne s'était jamais sali les mains. Il nous avait appris à reconnaître les failles de notre destin pour mieux nous défendre contre des lois absurdes et surtout à défendre l'honneur de la « tribu », l'honneur du nom. A l'époque, nous n'étions pas trop rapaces. Il y avait encore un peu d'humanité dans nos veines. Nous vivions en faisant fructifier quelques commerces à Trapani et même à Palerme. Mon père fut un bon patriote ; il fit partie d'un groupe de Siciliens qui aidèrent les Américains à débarquer vers la fin de la guerre. Il avait reçu une décoration dont il était fier. J'avais dix-neuf ans ; il m'avait chargé de le remplacer ici. Ton père était encore jeune. Je l'accompagnais à l'école. Après la guerre, les choses sont devenues plus dures. Notre tribu s'était développée et, en face de nous, il y avait un clan dont nous n'appréciions pas beaucoup les méthodes. Ses membres aimaient tuer. Ils le faisaient souvent de manière spectaculaire. C'était un comportement de parvenus. Ils utilisaient des fusils au canon scié. Ça tirait dans tous les sens. Chaque coup des frères Di Santi était un massacre.

C'étaient des voyous. Ce furent eux qui introduisirent la drogue et le trafic d'armes. A leur propos, je citerai mon ami et vieux compagnon que j'ai découvert en prison, Zarathoustra : « Rebelle devient la flamme quand ils installent près du feu leurs cœurs humides... » ou bien ceci : « Douceâtre et blet devient en leur main le fruit ; sous leur regard l'arbre fruitier s'effeuille au vent et se dessèche [1]. » A côté d'eux, nous étions démodés et dépassés. Dégoûté, je partis en Amérique. Mes frères ont été obligés de s'associer avec eux. Ils n'avaient pas le choix. Ce fut une erreur ; mais cela ne sert à rien de se lamenter. Aujourd'hui, nous sommes tous dépassés. Le territoire est entre les mains de jeunes gens dynamiques et qui ont des diplômes. Les choses ont changé. Ils travaillent avec les machines de la technologie moderne. Je le sais parce que, l'autre jour, le jeune Mario m'a invité à visiter ses bureaux. C'est le bureau d'un grand homme d'affaires, avec plusieurs téléphones, des écrans, des ordinateurs, des secrétaires, des plannings, des fichiers. J'ai été épaté. Il m'a montré sur un écran le partage de Palerme ; c'est comme un gâteau. Tout est numéroté, analysé, chiffré... Ce jeune homme jongle avec des milliards. Il ne fume pas, ne boit pas. Sur son bureau, j'ai vu le portrait de sa femme et de ses deux filles. C'est charmant ! Toutes les notions sur lesquelles nous nous étions basés pour travailler sont aujourd'hui périmées. Avec les

1. *Ainsi parlait Zarathoustra*, 2e partie, 6e chapitre : « De la canaille », Paris, Gallimard, 1971, p. 113.

petites enveloppes du vendredi, n'ai-je pas l'air ridicule ? N'est-ce pas une humiliation ? Il a été assez élégant et m'a dit :

— Vous êtes un ancien, un homme d'expérience, un homme que j'ai admiré quand j'étais adolescent, quels conseils donneriez-vous à un jeune qui débute dans ce milieu ?

J'ai réfléchi, j'ai souri puis j'ai dit :

— Avez-vous vraiment besoin de conseils ? Vous êtes un homme moderne, vous êtes même en avance sur l'époque, en tout cas en avance sur tout ce qui se fait en Sicile. Essayez de ne pas vider entièrement votre âme. Sinon nous n'aurons à manger que de l'herbe amère, des poissons aveugles et des oiseaux mélancoliques.

Il fut désappointé quelques secondes puis oublia tout ce que je venais de lui dire. En sortant de ce bâtiment, je compris que je devrais dorénavant m'occuper des chèvres, là-haut. Voici ce que dit encore mon vieux compagnon : « Qui gravit les plus hautes cimes n'a cure des tragédies jouées ni davantage des tragédies vécues[1]. » Mais avant de m'en aller là-haut, je tiens à conclure avec toi un marché, le dernier de ma carrière : tu quittes Trapani, la Sicile et même l'Italie. Tu t'en vas, loin, je me propose de t'envoyer en France ; tu y feras des études, tu vivras là où la culture a encore quelque chance d'être considérée. Je m'engage à tout financer ; je mets à ta disposition toutes mes

1. *Ainsi parlait Zarathoustra, op. cit.* En exergue au chapitre : « Le voyageur », 1er chapitre, 3e partie.

économies à condition que tu t'engages solennellement à ne plus jamais revenir à Trapani. Le jour où je prendrai la route de la montagne, toi tu prendras le car pour Palerme puis l'avion pour Paris. J'ai tout prévu, tout arrangé, il suffit que tu acceptes. Je voudrais qu'au moins un membre de la famille Freda devienne un homme de culture. Ce sera ma revanche sur le destin, notre malédiction, notre faux frère. Ici, comme tu l'as constaté, je suis un homme inutile, pire, je suis une espèce de revenant, détourné par la sagesse, par le remords et par l'amour de la poésie ; je ne peux qu'être décevant ; je ne vais quand même pas me mesurer avec ces jeunes loups qui croient tout maîtriser alors qu'ils vont un jour découvrir qu'ils ne sont que des marionnettes entre des mains invisibles, des mains que même l'État ne contrôle pas. Ma silhouette, ma parole, mon existence ne s'accommodent pas avec les roches noires de ce territoire. Avec les brebis, je pourrai au moins méditer en paix.

Fait à Trapani, le 5 septembre 1983 ; Ricardo Freda, né en 1925 ; sain de corps et d'esprit ; ceci est mon testament.

Quinze jours plus tard, Ricardo mourut dans son sommeil. La mère de Salvatore trouva la lettre dans le portefeuille de son fils. Elle convoqua un conseil de famille. A l'unanimité, ils trouvèrent la proposition de Ricardo farfelue. Ils décidèrent de ne pas suivre les recommandations du défunt et désignèrent Salvatore comme l'homme de la famille. Ils l'habillèrent comme un adulte. Il se laissa pousser une fine moustache et rejoignit l'équipe de Mario qui lui paya un stage d'initiation à l'informatique dans une école privée à Milan.

XIV

Napolita femme cruelle

« Un vautour solitaire planait dans le ciel... » Je me répétais cette phrase lue dans un roman mexicain et scrutais le ciel blanc de Naples. Ce jour-là, les moineaux de Sicile s'étaient rassemblés au-dessus de la piazza Garibaldi pour un ballet minutieusement réglé. Ils dessinaient dans le ciel, tantôt un cercle parfait, tantôt un losange, faisant entrer l'un dans l'autre jusqu'à former une figure subtile et toujours mouvante. Il paraît qu'une fois l'an, les oiseaux du Sud offrent aux Napolitains un spectacle, jamais le même, mais toujours aussi fascinant. Tous les yeux étaient levés vers le ciel, émerveillés. Pendant ce temps-là, des mains agiles se glissaient dans les poches et les sacs des spectateurs entièrement absorbés par les prouesses qui se dessinaient au-dessus de leurs têtes.

Au lieu du vautour solitaire, on avait droit à une compagnie de moineaux-danseurs dans le ciel de Naples. Pourtant, l'image d'un rapace planant dans le ciel me hantait. Je me disais : s'il y a bien un lieu, une ville où les vautours peuvent être repus, c'est bien Naples.

« Elle ne vaut pas un sou, mais personne n'a ce sou pour l'acheter ! » me disait une vieille femme qui vendait des cigarettes au détail à l'entrée d'une ruelle sombre et encombrée. Elle devait être aveugle ou sourde. Elle me parlait en regardant ailleurs et me faisait répéter ce que je lui disais par politesse. En fait, elle ne devait pas apprécier les gens qui faisaient semblant de l'écouter. Elle était l'une des gardiennes du quartier. Rien ni personne ne devaient lui échapper. Lorsqu'elle constatait quelque chose d'anormal — un attroupement ou l'arrivée d'un visiteur suspect —, elle tirait discrètement sur une ficelle le long du mur. Reliée à une sonnette, elle avertissait les hommes, maîtres du territoire.

Comme partout ailleurs les gens meurent chaque jour, sauf qu'ici, certains ne meurent pas toujours de mort naturelle ou accidentelle ; ils meurent de mort violente, au moment où ils s'y attendent le moins, à la sortie de la messe du dimanche, dans leur lit d'hôpital, dans un restaurant juste après avoir bu un verre d'*amáro* pour digérer, dans le hall du tribunal juste après un acquittement-pour-manque-de-preuves, ou simplement dans un coin de rue pas forcément obscure ou déserte ; certains sont abattus au milieu de la foule, parfois même le jour de la fête des morts, dans le cimetière, un bouquet de chrysanthèmes à la main ; les tueurs, surtout les jeunes, ne respectent rien, pas de tabous, pas de scrupules, ils tuent comme ils fument, en toute quiétude, geste banal, routinier, c'est du travail, il faut que ce soit bien fait, pas de bavure, pas de larmes, pas de regard en arrière, il faut aller de l'avant, surtout ne pas s'arrêter, surtout ne pas penser, sinon les vautours déserteront ce ciel et Naples doucement sombrera dans la mélancolie ; elle perdra ses lueurs de folie, sa fantaisie et son désordre qui la font vivre...

Je me disais cela et pensais à la promesse faite à mon

oncle, un marin, un loup de mer, né à Tanger. Je lui avais promis, alors qu'il était malade et paralysé, de faire le voyage à Naples, une ville dont il avait entendu parler, dont il rêvait et qui manquait à ce qu'il appelait le « palmarès des putes ». Il avait une passion pour les femmes auxquelles il donnait un nom de ville. Celle qu'il appelait Barcelona était une dame élégante, riche et perverse. Elle le trompait avec son mari. Chose qu'il n'admettait pas du tout, trouvant cela immoral. C'était une belle femme ; ses parfums étaient subtils ; elle se les faisait préparer par un spécialiste dont le rêve était d'être une femme. Je me souviens bien de Barcelona, femme intimidante. Elle ne me regardait jamais. J'étais un gamin qui courait lui acheter ses cigarillos de tabac cubain. Elle avait une manière élégante de fumer et était toujours munie d'un petit cendrier en argent qu'elle sortait discrètement de son sac. Barcelona aimait faire l'amour debout. Je surpris un jour les deux amants dans une position qui allait me faire rêver pendant des années. C'était dans le bateau de pêche de mon oncle. Elle se tenait debout sur l'échelle, la robe, une robe bleu-nuit, relevée ; mon oncle la prenait par-derrière. Il avait une main sur un de ses superbes seins, l'autre sur l'épaule, comme s'il s'accrochait à elle pour ne pas tomber. Le visage de la femme était méconnaissable. Elle haletait, gémissait, riait, faisant des grimaces puis libérant des râles qui inondaient son visage de plaisir. On ne voyait qu'elle. Mon oncle devait s'agiter derrière, s'agrippant comme il pouvait à ce corps pris d'une violente et belle folie. J'observais tout cela, caché dans un coin, la peur au ventre. Depuis, je ne regardais plus cette femme comme avant. J'avais une image enfouie dans mon corps. Je la gardais jalousement. Je l'habillais et la caressais dans mon imagination.

Barcelona m'intimidait encore plus qu'avant. Je ne savais pas si elle m'avait vu. Un secret. Je me persuadais qu'entre elle et moi, il y avait un secret. J'aimais le penser. Un jour, alors que je lui apportais ses fameux cigarillos, elle me dit : « Vas-y, tu peux m'en allumer un ! » J'étais fou de joie. Mes mains tremblaient. Je sentais monter en moi, des pieds à la tête, une chaleur étrange. Mon pénis se raidit lorsque nos doigts se frôlèrent. Elle me regarda comme si nous étions de vieux amants. Depuis ce jour-là, je suis amoureux de Barcelona. Elle me prit sur ses genoux et me dit : « Mais tu trembles ! » Oui, je tremblais et je n'en avais pas honte. J'avais ma nuque sur ses seins. J'avais ainsi toute la douceur du monde sur les épaules. A cause de l'émotion, de la peur ou de la surprise, j'inondais ma culotte de ce liquide chaud et blanc que je commençais à peine à connaître. Il y eut des matins où, au réveil, les draps étaient mouillés. J'avais honte. Je ne voulais pas que ma mère découvre cela. Plus tard, lorsque je me mis à tourner autour des filles, je me rendis compte que je recherchais partout ce buste magnifique qui me donna mes premiers instants de plaisir. Mon oncle ne sut rien de cette liaison brève avec Barcelona qu'il aima avec passion. Mon amour était caché. Quand elle quitta mon oncle après une dispute où les bouteilles de xérès volèrent au-dessus des têtes, je crois avoir eu plus de chagrin que lui qui tentait de noyer cet amour dans l'alcool. Moi, je ne pouvais même pas boire. Je pleurais seul, la nuit, en espérant retrouver Barcelona dans le rêve.

La deuxième femme qu'aima mon oncle ne s'appelait pas Tanger — il ne trouvait pas ce nom féminin — mais Tangea. C'est ainsi qu'on appelle cette ville en arabe. Tanger est masculin en français et féminin en arabe ! Il disait d'elle : « C'est une pute cosmopolite ; elle est polyglotte et légèrement plus sale que Barcelona ! » Il n'arrivait pas à effacer de ses souvenirs la belle Barcelona. Tangea allait la lui faire oublier très vite. Pas grâce à sa beauté ou à ses légendes-de-bonne-femme-captivante-et-mystérieuse. Non, simplement grâce à son mauvais caractère, à ses humeurs changeantes. Elle le rendait fou. Elle lui donnait un rendez-vous puis le laissait attendre des heures. Elle se cachait et le surveillait. Quand il décidait de partir, elle surgissait, belle et riante, lui sautait au cou et l'embrassait avec volupté. Il perdait ses moyens et cédait à la belle garce. Elle jurait qu'elle ne le referait plus jamais attendre.

Tangea n'était pas mon genre ; et pourtant, je m'étais attaché à elle. Mon oncle ne se posait pas trop de questions. Il l'aimait peut-être parce qu'il retrouvait chez elle certains traits de Barcelona. Elle avait la même fougue amoureuse, la même passion mais de tout petits seins. Elle était grande de taille et prenait souvent l'allure d'une danseuse de flamenco. Des mauvaises langues disaient qu'elle avait travaillé dans un cabaret de Malaga où elle amusait les touristes. Mon oncle ne le croyait pas. Il s'enfermait avec elle dans une chambre d'hôtel et ils faisaient l'amour pendant des jours et des nuits. Quand il disparaissait, je savais qu'il ne pouvait être qu'avec elle. Il ne sortait plus son bateau de pêche. Elle le détournait de son travail et devait probablement lui avoir fait manger une herbe qui rend amoureux au point de tout abandonner. Elle l'avait ensorcelé. On dit qu'au nord du Maroc, c'est une pratique courante. Les femmes aiment posséder les hommes et les dominent malgré les apparences. Tangea aimait sortir voilée dans la rue. Elle portait des djellabas lui moulant le corps au point qu'elle devenait plus désirable encore que si elle s'était promenée à moitié nue. Quant au voile, c'était une coquetterie qui mettait en valeur ses yeux noirs en amande. Un petit détail troublait les hommes qu'elle rencontrait sur son passage : elle marchait en dansant. Quelquefois, elle se laissait aller, abandonnant ce souci d'élégance. Elle faisait exprès de paraître vulgaire et négligée. Elle mettait n'importe quelle robe, se maquillait à outrance, mâchait du chewing-gum et se parfumait avec Heno de Pravia, une eau de toilette espagnole rendue célèbre par la petite-bourgeoisie et les putains. Tangea disait qu'elle devenait folle dès que le vent d'Est soufflait sur la ville. En perdant la tête, elle se jetait dans les bras du premier marin de passage, ce qui rendait malade mon oncle qui ne pouvait rien faire. Il assistait à tout cela en buvant café sur café et en prenant de l'aspirine espagnole qui lui faisait mal à l'estomac mais ne calmait pas ses migraines ni sa rage. Il savait qu'une fois le vent d'Est parti, Tangea allait lui revenir, douce et tendre, et lui murmurer à l'oreille tout en lui caressant le ventre : « Tu m'as manqué ; j'étais folle sans toi ; tu veux bien encore de moi ? Tu pardonnes à cette petite très sensible au vent ? Ah ! ce vent, maudit soit le ciel qui nous l'envoie ! Il suffit qu'il s'approche des côtes espagnoles pour que je sente monter en moi une espèce de fièvre qui fait que je ne m'appartiens plus ; je ne suis plus moi ; je suis une autre, prête à appartenir aux autres... c'est fou... alors tu m'embrasses, là, derrière l'oreille, tu me donnes mes frissons préférés ? Je sais, tu as mauvaise mine, mais je suis de retour, souris et embrasse-moi... Allons au café de la Falaise fumer un peu de kif et penser à notre avenir... » Tangea l'a fait plus souffrir que Barcelona. C'était une femme cruelle, belle et sans scrupules.

Il pensait que la fille de Naples serait moins garce. C'est vrai que Napolita — c'est ainsi que je l'ai appelée — est belle et fière. La première fois, je l'ai rencontrée dans la gare centrale, mal habillée, un peu sale, les cheveux ébouriffés, les ongles non faits, elle traînait un sac de voyage plein de vieux vêtements. Elle avait l'air de sortir d'un cauchemar ou d'une longue insomnie. Les yeux tirés, l'air hagard, elle attendait quelqu'un. Beaucoup de Siciliens passaient sans la regarder. Seuls les Africains désœuvrés lui tournaient autour, sans savoir quoi lui dire ou lui proposer. Un homme d'affaires, probablement un Milanais, la bouscula en passant. Il ne s'excusa pas. Elle lui envoya un crachat qui l'atteignit à la nuque. Elle était contente et riait de bon cœur. Au bout d'un moment, je vis arriver deux hommes élégants, qui, sans lui adresser la parole, emportèrent son sac et lui remirent une petite valise noire. Ils partirent sans se presser et disparurent dans la foule. Elle prit un café puis alla dans les toilettes. Quelques instants plus tard, elle en sortit complètement transformée. Une belle femme, maquillée, élégante, hautaine, portant sa petite valise, bousculant les Africains qui vendaient des objets en cuir — des contrefaçons de L.V., Cartier, Lancel — et marchant sur un tapis où elle écrasa plusieurs paires de lunettes de soleil. Elle monta dans un taxi et disparut dans les embouteillages les plus farfelus d'Europe.

Napolita disait être une Lolita qui a pris de l'âge. Les méchantes langues disaient d'elle : « Elle n'a pas pris de l'âge, mais du ventre ! » Cela ne lui plaisait pas du tout. En fait, elle s'en moquait car ce qui l'intéressait, c'est de savoir si elle était toujours capable de séduire et de faire tomber des hommes. En principe, c'est d'amour qu'il s'agit, mais il lui arrive de changer de registre et de descendre à la mitraillette en une seule journée un paquet de quatre à six hommes. Elle prétendait que cela est inévitable et que si le taux de criminalité à Naples est plus élevé qu'à Los Angeles, c'est qu'elle est plus vivante, plus folle que ces villes américaines où n'importe qui fait la loi. Napolita est une femme libre. Libre et rebelle. Elle n'appartient à personne. Elle ne se donne pas. Quand il lui arrive de divaguer, d'aller un peu à la dérive, oubliant les bonnes manières, n'en faisant qu'à sa tête et obéissant à son bas-ventre, elle enveloppe tous ses méfaits par un grand rire et distribue une pluie forte et chaude sur les familles qui dînent sur les terrasses. Elle compte ses morts et les pleure, surtout si parmi eux figure un de ses amants. J'ai vu, un jour, Napolita en colère : des étrangers avaient envahi le territoire et distribué de l'héroïne à des adolescents. Elle leur déclara la guerre. « La drogue, d'accord, mais pas à l'état pur et meurtrier ! disait-elle. J'ai tellement avalé de cadavres, que je refuse de voir la mort emporter des gamins. J'aime les enfants. J'aime l'argent. Mais pour de l'argent, jamais je ne sacrifierai des gamins. Avec 1672 milliards de lires par an, j'ai de quoi vivre et faire vivre les trois cent mille personnes que j'emploie au trafic. La drogue me rapporte assez, en tout cas plus que le misérable trafic de cigarettes et d'alcool que je faisais avant. »

Assise les jambes écartées sur une montagne d'objets usagés et de meubles vétustes, elle faisait semblant de pleurer — de grosses larmes grises coulaient sur le visage — et urinait en même temps. De sa robe, une vapeur blanchâtre s'élevait. Napolita était satisfaite ; de ses mains gantées, elle caressait le chaos sur lequel elle régnait. Elle aimait ce désordre et ces objets hétéroclites jamais à leur place. Elle surveillait l'horizon et maudissait les fumées qui montaient des grandes avenues, noircissant les nuages qui crevaient tôt ou tard, rendant à la ville sa suie, laquelle se déposait sur les paupières des femmes trop fardées ou sur les crânes dégarnis d'hommes d'affaires égarés dans la foule.

Ce chaos et cette noirceur n'étaient qu'un voile avec lequel elle se couvrait le visage. Femme voilée plus par malice que par pudeur, elle aimait être un trompe-l'œil, une chanson romantique, une longue nuit d'insomnie où elle épuisait ses amants en les jetant dans un bassin d'eau sale.

Elle était tellement affairée, créant le plus de désordre possible pour mieux organiser ses trafics, que je n'osais plus bouger dans mon coin. Je regardais cette logique du débordement et je cherchais des traces de sentiment, traces d'une histoire d'amour. Je me disais : mon pauvre oncle l'a échappé belle ! Non seulement elle l'aurait ignoré et méprisé, mais s'il avait, comme à son habitude, insisté, elle lui aurait envoyé des voyous pour le jeter à la mer. C'est une femme sans pitié. Sa beauté, son charme, sa folie et son désordre ne sont en fait que des stratagèmes pour réaliser le maximum de bénéfice avec du trafic en tous genres. Impitoyable, elle écrase ceux qui se mettent sur son chemin. La vie n'a pas beaucoup d'importance. Elle sait qu'elle est immortelle. Elle sera toujours là, magnifique dans sa robe de brume le soir, douce au petit matin, noire et fiévreuse la nuit, endormie le jour de fête, elle n'aime personne et tout le monde l'aime. Mon oncle aurait été fou d'elle ; il aurait souffert et risqué plusieurs fois sa vie, mais il aurait été fier d'avoir approché cette femme rebelle, attirante et repoussante à la fois. L'amour chez lui se nourrit d'images. Avec Napolita, il aurait fait sa provision d'images, et serait ensuite rentré à Tanger où il aurait vécu une décennie sur cette aventure impossible. Le rêve l'aurait aidé à donner à cette histoire des ailes, des parfums, des nuits chaudes, des étoiles et un immense besoin de consolation. Il n'aurait peut-être pas remarqué les hommes qu'on ramasse le matin, une balle dans la nuque. Il aurait cru que c'était un malentendu, une erreur d'appréciation. Un homme gisant par terre n'est peut-être qu'un homme trahi par un abus d'alcool. Loin de lui l'idée d'un règlement de comptes où la camorra aurait été impliquée. La camorra ! Voici un mot qu'il n'a jamais dû entendre. Il connaissait la mafia, mais pas la camorra. Et pourtant, l'une et l'autre font les mêmes besognes. Et Napolita laisse faire. Non seulement elle ne dit rien, mais elle encourage le crime et en profite. Elle s'est acheté beaucoup de bijoux, des maisons, des palais, des bateaux, des îles, des hommes, des femmes ; elle règne sur des milliards en dollars ; ce n'est plus une femme qui veut tout posséder, mais un monstre qui veut tout avoir par n'importe quel moyen. Le crime est un moyen assez efficace. Oui, mon oncle a eu de la chance de ne pas l'avoir connue. Elle ne l'aurait pas assassiné, mais elle l'aurait humilié, parce qu'il se serait présenté à elle avec un bouquet de roses et beaucoup d'amour, et elle l'aurait envoyé au diable avec ses sentiments, ses fleurs et son romantisme. Il aurait pleuré et peut-être que Barcelona et Tangea auraient séché ses larmes en lui disant : « On t'avait prévenu ! »

En partant, j'ai laissé Napolita, seule et de mauvaise humeur. Il pleuvait une eau noire sur la ville. Les travaux de préparation pour le Mundial n'étaient pas terminés. Après avoir beaucoup insisté et attendu, elle m'a accordé un petit entretien pour mon oncle. Je lui ai expliqué le cas. Elle a ri en me disant : « Qu'est-ce que cet amoureux qui ne se dérange pas ? Il n'a pas honte d'envoyer un gamin pour déclarer sa flamme ? Et dire qu'il aime les femmes ! » Je lui ai expliqué qu'il était malade, le corps abîmé par l'âge. « Je fais ce voyage pour lui ; en rentrant, je dois lui faire un compte rendu et surtout lui remettre une cassette où vous lui parlez... Dites-lui quelque chose de tendre... Dites-lui que vous regrettez de ne pas l'avoir connu, que vous avez entendu parler de ses exploits, que sa réputation a traversé les mers... » Curieusement, cela l'émut. Elle prit le micro et murmura des paroles douces que seules les garces au grand cœur savent dire quand il le faut : « J'ai la robe fendue et les doigts sur les lèvres ; je t'imagine, prince de l'Orient en Occident, dans une barque de contrebandier amoureux ; je te vois debout sur la pierre la plus haute de la jetée, tu les attends, toutes, et tu pries le ciel pour t'amener mourir aux pieds de Naples, sous mon regard mouillé de larmes, entre mes mains tremblantes. Je te vois rôder autour de mon pied droit posé sur la colline. Tu vas et tu viens, fumant des cigarettes de mauvaise qualité — des cigarettes que tu roules toi-même avec du Tangerine, un tabac espagnol — et tu attends que mon pied bouge. Tu t'es dit que ce sera le signal pour t'approcher et pour qu'enfin je te regarde. Tu es impatient et je n'aime les hommes pressés que lorsqu'ils sont voleurs. Mais je sais que tu es venu de très loin et ton accoutrement de marin oriental m'émeut. Tu es ridicule mais cela n'est pas bien grave puisque tu es sincère et que tu cherches à plaire et à séduire. Tu t'es laissé pousser la barbe en te disant que ça faisait viril, mais tu trembles et tu n'es pas sûr de toi. Or moi, j'aime les hommes déterminés, ceux qui n'hésitent pas, qui agissent vite et bien. On m'a dit que Tanger aurait pu être une de mes filles. Elle a failli faire partie de la famille à l'époque où elle était un repère pour les bandits, les trafiquants et les espions. C'était un temps où tous les pays avaient leur pion installé dans les ruelles sombres. Mais elle a tôt intégré l'ordre, la paresse et l'immobilisme. Ce n'est pas bien grave tout ça ! Je t'accorderai bien une nuit de plaisir et de folie. A un de ces jours, l'ami !... »

Elle partit en me donnant une petite tape sur la joue. Je restai à regarder les nuages gris et lourds s'approcher de la ville.

Quand je suis rentré à Tanger, mon oncle venait de mourir. Il fut enterré au cimetière du Marshan qui domine la mer. Je suis allé un matin sur sa tombe. Comme convenu, je lui fis le compte rendu. Avant de partir, j'ai creusé un peu de terre, juste au niveau de la tête, et j'y ai placé le petit magnétophone avec dedans la cassette de Napolita. Les piles étaient toutes neuves et de longue durée. Je suis sûr que mon oncle entend encore aujourd'hui la voix douce et troublante de la belle Napolita, mangeuse d'hommes et d'enfants. Bien des années plus tard, le consulat d'Italie à Tanger me fit parvenir une lettre postée à Naples à mon nom. Elle était parfumée et ressemblait à ce genre de lettres que s'écrivent des amoureux naïfs. Ce qui me fit penser à cela ce fut la couleur rose bonbon de l'enveloppe. Je trouvais tout ça bien étrange.

Cher ami,
C'est une femme fière qui vous écrit et qui n'a pas oublié votre visite, il y a de cela plus de dix ans. Vous étiez adolescent, timide et ébloui. Je voudrais vous dire que je n'ai pas changé. Je suis toujours la femme qui divague, se laissant aller à la dérive, oubliant les bonnes manières, se moquant des lois et des bonnes mœurs. Je n'en fais qu'à ma tête, ou plus exactement je n'en fais qu'à mon ventre. Il paraît que j'ai grossi. Je sais, si mon ventre est lourd, s'il est chargé de tant de secrets et d'objets insolites, ce n'est pas de ma faute. J'ai dû, pour sauver quelques amis, avaler des cadavres. Il m'arrive d'en faire des fantômes qui vont hanter les vieilles maisons, les anciens palais et même les empires lointains. J'ai des indigestions et je crache tout. Je me vide. Ça sent mauvais. Je suis parfois une grosse maman qui se débrouille comme elle peut pour donner à manger à tous ses enfants. J'en ai beaucoup. Beaucoup

trop. Mais je les aime bien. Je les aime tous, même quand ils sont terribles.
A présent, je vous invite à revenir, pas pour me porter un message de votre oncle ou grand-père. C'est vous que je veux. Je vous attends. J'ai pour vous une surprise. Soyez au rendez-vous, à la Galerie Umberto.
Je pose mon doigt sur vos lèvres.

Napolita.

XV

La morsure du Saphir

La sentence tomba comme un couperet, brutale, inattendue et définitive : « Vous vivrez le restant de vos jours dans le Grand Palace de Palerme. Seul. Vous n'aurez le droit ni de sortir ni de recevoir. Vous subirez jusqu'à la mort les morsures du confort, du luxe et de la solitude. C'est le prix que la commission vous fait payer pour votre trahison. Évidemment on aurait pu vous liquider tout de suite, mais vu votre âge, votre prestance et votre notoriété, nous avons pensé vous offrir un enfer dont vous n'avez pas idée. La mort n'est rien. L'idée de la mort c'est déjà quelque chose. Le travail rampant de cette idée de la mort enrobée de sucre et d'autres douceurs est ce que nous avons trouvé de mieux pour vous. On vous a choisi une belle chambre. Elle donne sur la mer. Moquette et papier peint sont tout neufs. On a fait brûler de l'encens pour faire passer l'odeur de la peinture. La séance est levée. »

Umberto resta assis, hébété, ne sachant quoi dire ni que faire. Il s'appuya sur sa canne et se leva en remettant son chapeau blanc. Il avait du mal à marcher. On le laissa arriver jusqu'à la sortie, puis deux hommes l'entourèrent et le firent monter dans une limousine noire. Regardant pour la dernière fois les avenues de Palerme, il se rappela ces vers du Chant I de Dante :

Douce couleur de saphir oriental
qui s'accueillait dans le serein aspect de l'air
pur jusqu'au premier tour,
recommença délice à mes regards dès que je sortis de l'air
[mort
qui m'avait assombri le visage et le cœur.

Rien ne lui fut signifié sur les faits pour lesquels la commission l'avait condamné. Il était savoir et comprendre. Il ne se posa même pas la question. A quoi bon savoir puisqu'on ne peut pas se défendre. Mais il trouvait curieuse l'idée de l'exiler au Grand Palace. En arrivant, il fut accueilli par le directeur qui le salua avec beaucoup de déférence. C'était trop. « On vous a réservé la 365. C'est une de nos plus belles chambres. Vous y serez tranquille. » Les deux hommes qui l'accompagnaient chuchotèrent quelque chose à l'oreille du directeur qui acquiesça de la tête, puis disparurent.

De la chambre on voit un bout de mer. On voit surtout les nouvelles constructions anarchiques de la ville. Umberto jeta un œil sur la salle de bains. Il en aimait bien le marbre et l'espace. Autour du lavabo, on avait disposé des savonnettes, des petits flacons de shampooing, une éponge pour cirer les chaussures, un peigne, un chausse-pied, une brosse à dents et son tube de dentifrice à la cannelle, un petit flacon de parfum, signé YSL. Il le sentit et fit une grimace. Dans la pochette fil et aiguilles, on avait glissé deux préservatifs. Cette attention le fit sourire. Sans attendre de recevoir ses valises, il se déshabilla, fit couler un bain chaud et glissa dans la baignoire. C'était sa façon de se détendre. Il en avait besoin. Il joignit les mains et ferma les yeux. Il vit passer Marina, sa fille aînée, à bicyclette dans la clairière. Elle riait aux éclats. Elle était loin cette image du bonheur. Il s'assoupit. L'eau chaude devint tiède. Il ne réalisait pas encore ce qui lui était arrivé. Il repensa à cette croisière sur le Nil et à ce personnage mystérieux qui s'imposait souvent à table. « J'ai dû prononcer un nom par inadvertance », se dit-il. On frappa à la porte. « Vos valises, monsieur Umberto. » Il se leva péniblement, s'enveloppa dans le peignoir et ouvrit la porte. Il n'avait ni l'envie ni la force de défaire ses affaires. Il s'étendit sur le lit et alluma la télévision. Il y avait une vingtaine de chaînes. Elles passaient toutes le même film. Il mit ses lunettes. Ce n'était pas un film de cinéma. C'était une sorte de document où l'on voyait Marina en train de courir, poursuivie, la nuit, par une voiture, le visage en gros plan. Ces images passaient tout le temps. Il éteignit la télévision et essaya de téléphoner chez lui. A chaque numéro qu'il composait, une voix disait invariablement : « Il n'y a pas d'abonné au numéro que vous avez demandé... » Il s'habilla et descendit dans le hall. Il prit un café, fuma un cigarillo, regarda sa montre et remonta dans la chambre. Il alluma la radio. Elle diffusait la musique qui passait sans arrêt à la télévision. Il demanda à changer de chambre. « Impossible, monsieur Umberto, c'est la plus belle de nos chambres ! » Il comprit qu'il n'y avait rien à faire. L'étau n'allait pas tarder à se resserrer autour de lui en mêlant l'angoisse au confort. On lui apporta un plateau-repas et une bouteille de bon vin. Il n'avait pas faim. De la fenêtre, il aperçut une vieille femme en train d'arroser les plantes. Elle les caressait et leur parlait. Il chercha autour de lui et vit pour la première fois un bouquet de fleurs. Il s'en approcha et se mit à parler aux œillets jaunes : « Mes amis, je suis fait ! je suis pris au piège ! Je me souviens à présent, il y a longtemps de cela, ce fut une de mes idées, je l'avais proposée pour écarter de nos chemins un homme bavard : le faire souffrir dans le plus grand des conforts ! On ne l'avait pas fait ; ce n'était pas sérieux. A présent me voici prisonnier du luxe le plus insupportable ! »

Le lit était douillet. Pour dormir il mettra le matelas par terre. Mais le problème c'était l'oreiller. Il le plia en deux. Il était toujours trop bas et mou. Quelle horreur ! Il appela la réception et demanda un autre oreiller. En le lui apportant, le garçon lui dit : « C'est un oreiller magique. Vous verrez, tous vos rêves seront érotiques. » En fait, Umberto passa la première nuit sans dormir. La deuxième nuit fut aussi blanche. Plus il désirait dormir, plus il s'énervait, plus le sommeil devenait impossible. Il eut l'idée de s'allonger dans la baignoire d'eau tiède. Mais il eut peur de se noyer. Il alluma la télévision. Toujours le même film, avec Marina en gros plan. Il sortit de la chambre. Un grand silence régnait dans les couloirs où la lumière était tamisée. Tout le monde devait bien dormir et même rêver. Tout le monde sauf lui. Il était condamné à l'insomnie éternelle. Dans le hall il n'y avait personne. Il s'avança vers la porte. Une alarme se mit à hurler. Il fit demi-tour. Deux hommes le regardèrent avec un air menaçant. Il comprit que sa chambre était sa dernière demeure, sa prison et sa tombe. Il remonta en courant. Cette fois-ci il mit le matelas par terre et s'allongea sur le sommier. Il se dit « C'est presque un cercueil ».

Le lendemain on lui livra un canari dans une cage blanche avec une carte : « Prenez soin de cet oiseau ; ses jours sont vos jours. » Il observa le canari en le considérant comme l'ami de la dernière heure. En lui donnant à manger, il pensa que les graines étaient peut-être empoisonnées. Il en croqua quelques-unes et se dit « Autant partir en même temps ».

Les femmes de chambre changeaient trois fois par jour les draps, les serviettes et le peignoir. Ils étaient tous de couleur jaune. Il s'aperçut que, dès qu'il s'essuyait les mains, quelqu'un passait pour remplacer la serviette. Tout était à sa place. Rien ne devait bouger. Tout devait être prêt pour cueillir l'âme d'Umberto. Les canaris ne lui avaient jamais porté bonheur. Chaque fois qu'un oiseau était entré dans la maison, un de ses proches lui avait été retiré par la maladie, par un accident ou par une fatalité assez répandue dans les milieux palermitains.

Dans le hall de l'hôtel il y avait quelques touristes japonais. Il les envia un peu, puis se dit « Mais moi j'ai un canari, un canari de malheur, et ma vie est entre ses ailes ». Il passa une partie de la nuit à parler à l'oiseau qui dormait. Il lui raconta sa vie, ses bonheurs, ses erreurs, ses défaites. Il posa sa main droite sur son cœur. Les battements se faisaient lents. Des gouttes de sueur froide glissaient sur ses joues. Il se dit « C'est la fin ». Le canari, la tête penchée, molle, ne respirait plus. Il se dit « Ça doit être l'air conditionné ; lui aussi ils l'ont empoisonné ». Il eut la force de s'approcher de la table et écrivit sur le papier à lettres du Grand Palace trois noms, une date et une adresse. Il signa, plia la feuille, la mit dans une enveloppe sur laquelle il écrivit le nom d'un magistrat et l'adresse du tribunal. Il jeta la lettre par la fenêtre, telle une bouteille à la mer. Qui sait ? Peut-être sera-t-elle ramassée par les mains d'un honnête homme ? Après tout, il n'y a pas que des pourris dans la belle ville de Palerme.

Le directeur de l'hôtel fut muté. La chambre 365 n'existe plus. Le Grand Palace continue d'offrir à certains clients les morsures du confort et du luxe.

Table

Le roman de la mafia 9
I. L'ange aveugle 13
II. L'amour à Palerme 15
III. Journal d'un criminologue angoissé 39
IV. Le vol de l'ange 69
V. Nuit africaine 75
VI. Pietro le fou, Pietro le sage 99
VII. L'intimidation 111
VIII. Contrôle d'identité par un soir d'hiver à Catane 115
IX. Veuve Courage 119
X. Au sommet de l'Aspromonte la neige est propre 151
XI. La plus belle femme du monde est à Il Cilento 159
XII. Passion 171
XIII. La relève 177
XIV. Napolita femme cruelle 189
XV. La morsure du Saphir 203

DU MÊME AUTEUR

Harrouda
Denoël, 1973
« Relire », 1977
et « Médianes », 1982

La Réclusion solitaire
Denoël, 1973
et Seuil, « Points Roman », n° R 50

Les amandiers sont morts de leurs blessures
poèmes et nouvelles
suivis de Cicatrices du soleil
et de Le Discours du chameau
prix de l'Amitié franco-arabe, 1976
Maspero, 1976
PCM, 1979
et Seuil, « Points Roman », n° R 218

La Mémoire future
Anthologie de la nouvelle poésie du Maroc
Maspero, 1976

La Plus Haute des solitudes
Seuil, 1977
et « Points Actuels », n° A 25

Moha le fou, Moha le sage
prix des Bibliothécaires de France
et de Radio Monte-Carlo, 1979
Seuil, 1978
et « Points Roman », n° R 8

A l'insu du souvenir
poèmes
Maspero, 1980

La Prière de l'absent
Seuil, 1981
et « Points Roman », n° R 86

L'Écrivain public
Seuil, 1983
et « Points Roman », n° R 383

Hospitalité française
Seuil, 1984
et « Points Actuels », n° A 65

La Fiancée de l'eau
théâtre
suivi de Entretiens avec M. Saïd Hammadi, ouvrier algérien
Actes Sud, 1984

L'Enfant de sable
Seuil, 1985
et « Points », n° P 7

La Nuit sacrée
prix Goncourt
Seuil, 1987
et « Points Roman », n° R 364

L'Enfant de sable *et* La Nuit sacrée
Seuil, un seul volume relié, 1987

Jour de silence à Tanger
Seuil, 1990
et « Points Roman », n° R 470

Les Yeux baissés
Seuil, 1991
et « Points Roman », n° R 500

Alberto Giacometti
Flohic, 1991

La Remontée des cendres
poèmes
édition bilingue
version arabe de Kadhim Jihad
Seuil, 1991
et « Points Roman », n° R 625

L'Homme rompu
Seuil, 1994

La Soudure fraternelle
Arléa, 1994

Poésie complète
Seuil, 1995

Le premier amour est toujours le dernier
Seuil, 1995

IMPRIMERIE B.C.I. À SAINT-AMAND (CHER)
DÉPÔT LÉGAL AVRIL 1995. N° 24638 (4/266)

Collection Points

DERNIERS TITRES PARUS

R531. Agadir, *par Mohammed Khaïr-Eddine*
R532. Brigitta, *par Adalbert Stifter*
R533. Lune de miel et d'or, *par David Shahar*
R534. Histoires de vertige, *par Julien Green*
R535. Voyage en France, *par Henry James*
R536. La Femme de chambre du Titanic, *par Didier Decoin*
R537. Le Grand Partir, *par Henri Gougaud*
R538. La Boîte noire, *par Jean-Luc Benoziglio*
R539. Le Prochain sur la liste, *par Dan Greenburg*
R540. Topkapi, *par Eric Ambler*
R541. Hôtel du lac, *par Anita Brookner*
R542. L'Aimé, *par Axel Gauvin*
R543. Vends maison, où je ne veux plus vivre, *par Bohumil Hrabal*
R544. Enquête sous la neige, *par Michael Malone*
R545. Sérénissime, *par Frédéric Vitoux*
R546. Fleurs de ruine, *par Patrick Modiano*
R547. Les Girls du City-Boum-Boum, *par Vassilis Alexakis*
R548. Les Rives du fleuve Bleu, *par Emmanuel Roblès*
R549. Le Complexe polonais, *par Tadeusz Konwicki*
R550. La Patte du scarabée, *par John Hawkes*
R551. Sale Histoire, *par Eric Ambler*
R552. Le Silence des pierres, *par Michel del Castillo*
R553. Une rencontre en Westphalie, *par Günter Grass*
R554. Ludo & Compagnie, *par Patrick Lapeyre*
R555. Les Calendes grecques, *par Dan Franck*
R556. Chaque homme dans sa nuit, *par Julien Green*
R557. Nous sommes au regret de..., *par Dino Buzzati*
R558. La Bête dans la jungle, *par Henry James*
R559. Nouvelles démesurées, *par Adolfo Bioy Casares*
R560. Sylvie et Bruno, *par Lewis Carroll*
R561. L'Homme de Kiev, *par Bernard Malamud*
R562. Le Brochet, *par Eric Ambler*
R563. Mon valet et moi, *par Hervé Guibert*
R564. Les Européens, *par Henry James*
R565. Le Royaume enchanté de l'amour, *par Max Brod*
R566. Le Fou noir *suivi de* Le poing fermé, *par Arrigo Boito*
R567. La Fin d'une époque, *par Evelyn Waugh*

R568. Franza, *par Ingeborg Bachmann*
R569. Les Noces dans la maison, *par Bohumil Hrabal*
R570. Journal, *par Jean-René Huguenin*
R571. Une saison ardente, *par Richard Ford*
R572. Le Dernier Été des Indiens, *par Robert Lalonde*
R573. Beatus Ille, *par Antonio Muñoz Molina*
R574. Les Révoltés de la « Bounty »
par Charles Nordhoff et James Norman Hall
R575. L'Expédition, *par Henri Gougaud*
R576. La Loi du capitaine, *par Mike Nicol*
R577. La Séparation, *par Dan Franck*
R578. Voyage autour de mon crâne, *par Frigyes Karinthy*
R579. Monsieur Pinocchio, *par Jean-Marc Roberts*
R580. Les Feux, *par Raymond Carver*
R581. Mémoires d'un vieux crocodile, *par Tennessee Williams*
R582. Patty Diphusa, la Vénus des lavabos, *par Pedro Almodóvar*
R583. Le Voyage de Hölderlin en France
par Jacques-Pierre Amette
R584. Les Noms, *par Don DeLillo*
R585. Le Châle, *par Cynthia Ozick*
R587. Liberté pour les ours !, *par John Irving*
R588. Mr. Stone, *par V. S. Naipaul*
R589. Loin de la troupe, *par Heinrich Böll*
R590. Dieu et nous seuls pouvons, *par Michel Folco*
R591. La Route de San Giovanni, *par Italo Calvino*
R592. En la forêt de longue attente, *par Hella S. Haasse*
R593. Lewis Percy, *par Anita Brookner*
R594. L'Affaire D., *par Charles Dickens*
Carlo Fruttero et Franco Lucentini
R595. La Pianiste, *par Elfriede Jelinek*
R596. Un air de famille, *par Michael Ondaatje*
R597. L'Ile enchantée, *par Eduardo Mendoza*
R598. Vineland, *par Thomas Pynchon*
R599. Jolie, la fille !, *par André Dubus*
R600. Le Troisième Mensonge, *par Agota Kristof*
R601. American Psycho, *par Bret Easton Ellis*
R602. Le Déménagement, *par Jean Cayrol*
R603. Arrêt de jeu, *par Dan Kavanagh*
R605. La Belle Affaire, *par T. C. Boyle*
R606. La Rivière du sixième jour, *par Norman Maclean*
R607. Le Tarbouche, *par Robert Solé*
R609. Une femme en soi, *par Michel del Castillo*

R610. Le Parapluie jaune, *par Elsa Lewin*
R611. L'Amateur, *par André Balland*
R612. Le Suspect, *par L. R. Wright*
R613. Le Tueur des abattoirs, *par Manuel Vázquez Montalbán*
R614. Mémoires du Capitán Alonso de Contreras
par Alonso de Contreras
R615. Colère, *par Patrick Grainville*
R616. Le Livre de John, *par Michel Braudeau*
R617. Faux Pas, *par Michel Rio*
R618. Quelqu'unbis est mort, *par Jean-Luc Benoziglio*
R619. La Vie quelque part, *par Anita Brookner*
R620. Iblis ou la Défroque du serpent, *par Armande Gobry-Valle*
R621. Fin de mission, *par Heinrich Böll*
R622. Les Mains vides, *par Maurice Genevoix*
R623. Un amour de chat, *par Frédéric Vitoux*
R624. Johnny s'en va-t-en guerre, *par Dalton Trumbo*
R625. La Remontée des cendres, *par Tahar Ben Jelloun*
R626. L'Enfant chargé de songes, *par Anne Hébert*
R627. L'Homme sans postérité, *par Adalbert Stifter*
R628. La Terre et le Sang, *par Mouloud Feraoun*
R629. Le Cimetière des fous, *par Dan Franck*
R630. Cytomégalovirus, *par Hervé Guibert*
R631. La Maison Pouchkine, *par Andreï Bitov*
R632. La Mémoire brûlée, *par Jean-Noël Pancrazi*
R633. Le taxi mène l'enquête, *par Sam Reaves*
R634. Les Sept Fous, *par Roberto Arlt*
R635. La Colline rouge, *par France Huser*
R636. Les Athlètes dans leur tête, *par Paul Fournel*
R637. San Camilo 1936, *par Camilo José Cela*
R638. Galíndez, *par Manuel Vázquez Montalbán*
R639. China Lake, *par Anthony Hyde*
R640. Tlacuilo, *par Michel Rio*
R641. L'Élève, *par Henry James*
R642. Aden, *par Anne-Marie Garat*
R644. Dis-moi qui tuer, *par V. S. Naipaul*
R645. L'Arbre d'amour et de sagesse, *par Henri Gougaud*
R646. L'Étrange Histoire de Sir Hugo et de son valet Fledge
par Patrick McGrath
R647. L'Herbe des ruines, *par Emmanuel Roblès*
R648. La Première Femme, *par Nedim Gürsel*
R649. Les Exclus, *par Elfriede Jelinek*
R650. Providence, *par Anita Brookner*

R651. Les Nouvelles Mille et Une Nuits, vol. 1
par Robert Louis Stevenson
R652. Les Nouvelles Mille et Une Nuits, vol. 2
par Robert Louis Stevenson
R653. Les Nouvelles Mille et Une Nuits, vol. 3
par Robert Louis Stevenson
R654. 1492. Mémoires du Nouveau Monde, *par Homero Aridjis*
R655. Lettres à Doubenka, *par Bohumil Hrabal*
R657. Cassandra, *par John Hawkes*
R658. La Fin des temps, *par Haruki Murakami*
R659. Mémoires d'un nomade, *par Paul Bowles*
R660. La Femme du boucher, *par Li Ang*
R661. Anaconda, *par Horacio Quiroga*
R662. Le Polygone étoilé, *par Kateb Yacine*
R663. Je ferai comme si je n'étais pas là, *par Christopher Frank*
R664. Le Divin Enfant, *par Pascal Bruckner*
R665. Un homme remarquable, *par Robertson Davies*
R666. Une sécheresse à Paris, *par Alain Chany*
R667. Charles et Camille, *par Frédéric Vitoux*
R668. Les Quatre Fils du Dr March, *par Brigitte Aubert*
R669. 33 Jours, *par Léon Werth*
R670. La Mort à Veracruz, *par Héctor Aguilar Camín*
R671. Le Bâtard de Palerme, *par Luigi Natoli*
R672. L'Ile du lézard vert, *par Eduardo Manet*
R673. Juges et Assassins, *par Michael Malone*
R674. L'Enfant de Port-Royal, *par Rose Vincent*
R675. Amour et Ordures, *par Ivan Klíma*
R676. Rue de la Cloche, *par Serge Quadruppani*
R677. Les Dunes de Tottori, *par Kyotaro Nishimura*
R678. Lucioles, *par Shiva Naipaul*
R679. Tout fout le camp !, *par Dan Kavanagh*
R680. Les Sept Solitudes de Lorsa Lopez, *par Sony Labou Tansi*
R681. Le Bout du rouleau, *par Richard Ford*
R682. Hygiène de l'assassin, *par Amélie Nothomb*
R683. Le Crime des pères, *par Michel del Castillo*
R684. Les Adieux, *par Dan Franck*
R686. Annam, *par Christophe Bataille*
R687. L'Homme de la passerelle, *par Isabelle Jarry*
R688. Bambini, *par Bertrand Visage*
R689. Nom de code : Siro, *par David Ignatius*
R690. Paradis, *par Philippe Sollers*
R691. Le Quinconce, vol. 1, *par Charles Palliser*

R692. Le Quinconce, vol. 2, *par Charles Palliser*
R693. Rituels, *par Cees Nooteboom*
R694. Félidés, *par Akif Pirinçci*
R695. Le Trouveur de feu, *par Henri Gougaud*
R696. Dumala, *par Eduard von Keyserling*
P1. Cent Ans de solitude, *par Gabriel García Márquez*
P2. Le Chevalier inexistant, *par Italo Calvino*
P3. L'Homme sans qualités, tome 1, *par Robert Musil*
P3. L'Homme sans qualités, tome 2, *par Robert Musil*
P5. Le Monde selon Garp, *par John Irving*
P6. Les Désarrois de l'élève Törless, *par Robert Musil*
P7. L'Enfant de sable, *par Tahar Ben Jelloun*
P8. La Marche de Radetzky, *par Joseph Roth*
P9. Trois Femmes *suivi de* Noces, *par Robert Musil*
P10. Un Anglais sous les tropiques, *par William Boyd*
P11. Grand Amour, *par Erik Orsenna*
P12. L'Invention du monde, *par Olivier Rolin*
P13. Rastelli raconte..., *par Walter Benjamin*
P14. Ce qu'a vu le vent d'ouest, *par Fruttero & Lucentini*
P15. L'Appel du crapaud, *par Günter Grass*
P16. L'Appât, *par Morgan Sportès*
P17. L'Honneur de Saint-Arnaud, *par François Maspero*
P18. L'Héritage empoisonné, *par Paul Levine*
P19. Les Égouts de Los Angeles, *par Michael Connelly*
P20. L'Anglais saugrenu, *par Jean-Loup Chiflet*
P21. Jacques Chirac, *par Franz-Olivier Giesbert*
P22. Questions d'adolescents, *par Christian Spitz*
P23. Les Progrès du progrès, *par Philippe Meyer*
P24. Le Paradis des orages, *par Patrick Grainville*
P25. La Rage au cœur, *par Gérard Guégan*
P26. L'Homme flambé, *par Michael Ondaatje*
P27. Ça n'est pas pour me vanter, *par Philippe Meyer*
P28. Notre homme, *par Louis Gardel*
P29. Mort en hiver, *par L. R. Wright*
P30. L'Exposition coloniale, *par Erik Orsenna*
P31. La Dame du soir, *par Dan Franck*
P32. Le Monde au bout du monde, *par Luis Sepúlveda*
P33. Brazzaville Plage, *par William Boyd*
P34. Les Nouvelles Confessions, *par William Boyd*
P35. Comme neige au soleil, *par William Boyd*
P36. Hautes Trahisons, *par Félix de Azúa*
P37. Dans la cage, *par Henry James*

P38. L'Année du déluge, *par Eduardo Mendoza*
P39. Pluie et Vent sur Télumée Miracle, *par Simone Schwarz-Bart*
P40. Paroles malvenues, *par Paul Bowles*
P41. Le Grand Cahier, *par Agota Kristof*
P42. La Preuve, *par Agota Kristof*
P43. La Petite Ville où le temps s'arrêta, *par Bohumil Hrabal*
P44. Le Tunnel, *par Ernesto Sabato*
P45. La Galère : jeunes en survie, *par François Dubet*
P46. La Ville des prodiges, *par Eduardo Mendoza*
P47. Le Principe d'incertitude, *par Michel Rio*
P48. Tapie, l'homme d'affaires, *par Christophe Bouchet*
P49. L'Homme Freud, *par Lydia Flem*
P50. La Décennie Mitterrand
1. Les ruptures
par Pierre Favier et Michel Martin-Roland
P51. La Décennie Mitterrand
2. Les épreuves
par Pierre Favier et Michel Martin-Roland
P52. Dar Baroud, *par Louis Gardel*
P53. Vu de l'extérieur, *par Katherine Pancol*
P54. Les Rêves des autres, *par John Irving*
P55. Les Habits neufs de Margaret, *par Alice Thomas Ellis*
P56. Les Confessions de Victoria Plum, *par Anne Fine*
P57. Histoires de faire de beaux rêves, *par Kaye Gibbons*
P58. C'est la curiosité qui tue les chats, *par Lesley Glaister*
P59. Une vie bouleversée, *par Etty Hillesum*
P60. L'Air de la guerre, *par Jean Hatzfeld*
P61. Piaf, *par Pierre Duclos et Georges Martin*
P62. Lettres ouvertes, *par Jean Guitton*
P63. Trois Kilos de café, *par Manu Dibango*
en collaboration avec Danielle Rouard
P64. L'Ange aveugle, *par Tahar Ben Jelloun*
P65. La Lézarde, *par Édouard Glissant*
P66. L'Inquisiteur, *par Henri Gougaud*
P67. L'Étrusque, *par Mika Waltari*
P68. Leurs mains sont bleues, *par Paul Bowles*
P69. Contes d'amour, de folie et de mort, *par Horacio Quiroga*
P70. Le vieux qui lisait des romans d'amour, *par Luis Sepúlveda*
P71. Rumeurs, *par Jean-Noël Kapferer*
P72. Julia et Moi, *par Anita Brookner*
P73. Déportée à Ravensbruck, *par Margaret Buber-Neumann*
P74. Meurtre dans la cathédrale, *par T. S. Eliot*